愛して愛して愛して

Kikuo stories

原作・原案・プロデュース きくお
文 高松良次

河出書房新社

愛して愛して愛して
Kikuostories

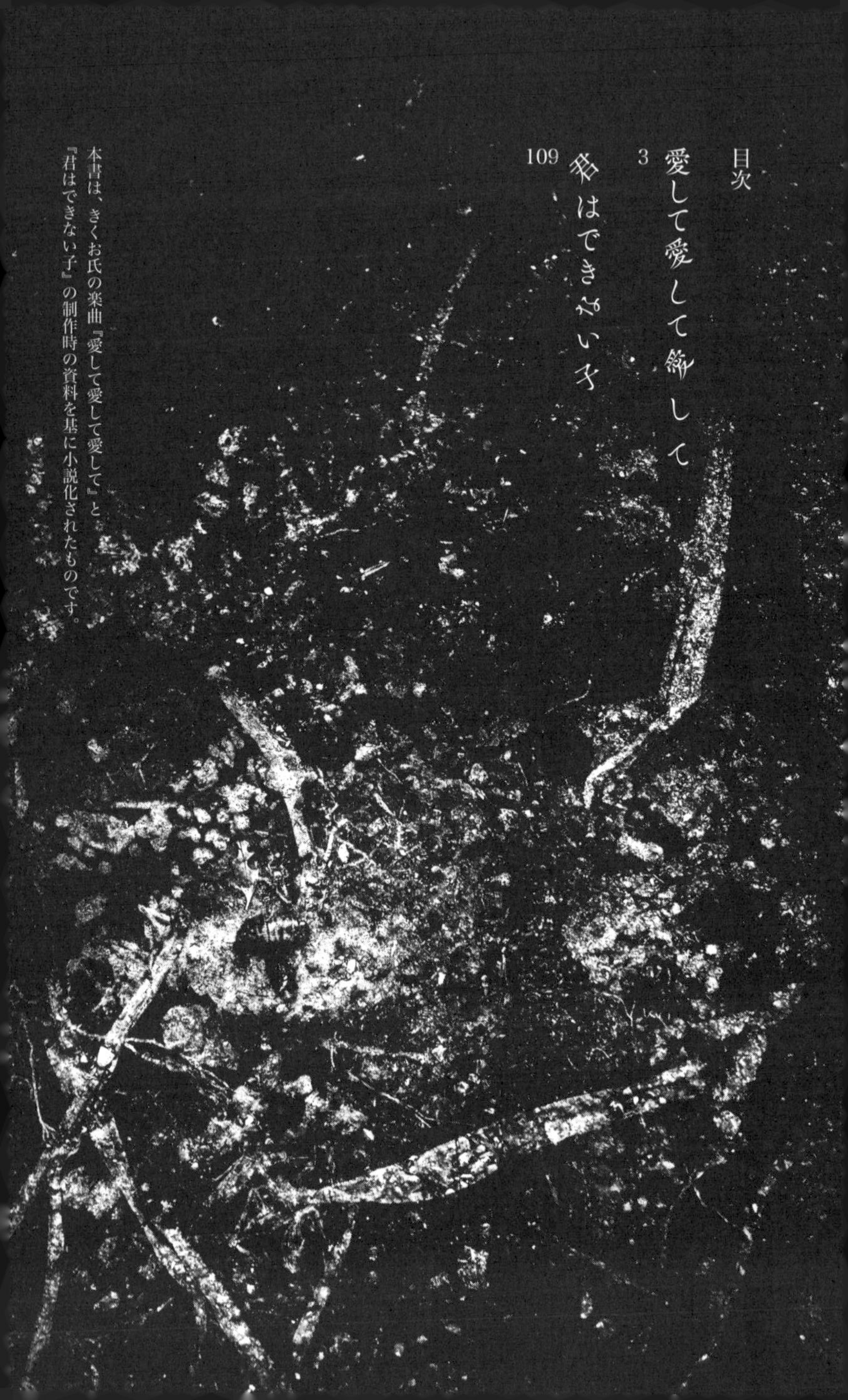

目次

本書は、きくお氏の楽曲『愛して愛して愛して』と『君はできない子』の制作時の資料を基に小説化されたものです。

愛して愛して殺して

鼎《かなえ》詩織《しおり》が親のことでいつも思い出すのは、能面のように無表情な父の顔だ。

その顔は陰になっていて、しかし濁って虚ろな瞳だけはいやにはっきりしていた。

焦点は娘を捉えているようでいないのか、何を感じているのかもさっぱりわからなかった。

記憶の父は詩織に覆い被さり、首を絞めている。理由はバラバラだ。

「飯を残すな」「わがままを言うな」「モノを片付けろ」「生意気な口を利くな」「どうして俺の言うことを聞けないんだ」「そんな目で見るな」「どうせお前も俺をバカにしてるんだろう」

物心ついた頃からこうだ。

一応、それなりの会社でそこそこの地位にあって、多少の部下を抱えているらしい。外では常識的に振る舞えるのに、家に帰れば感情の抑制ができない子供のように退行する。

どこかしら壊れているのだろう。今ならわかる。

筋の通らない大人の怒りは、子供の心を破壊する。

何が悪いのかわからないから、自分が無条件におかしいのだと錯覚する。そういうものだ、と刷り込まれてしまう。

詩織の不幸は、父の暴力だけではなかった。

そんな父を、母も諫《いさ》めたりしなかった。

「あなた。それ以上やったら首に痕が残るわよ」

どちらかと言えば事務的な、杓子定規な注意の仕方をした。

首に痕が残る。

誰かに知られたら困る。

社会的な地位を失う。

ちゃんと理性があるのだ。母にも、それで手を止める父にも。

たとえば母のその目や声に恐怖や罪悪感が宿っていれば、あるいは私が母の身代わりになっているのであれば、諦めたり憤慨したりできたかもしれない。

だが、そうではなかった。あるのは嫉妬や羨望、それとペットに向けるようなもの。

要するに、母も異常であった。

そう。

高校生にもなれば、自分に関するあらゆる物事を客観視できるようになるものだ。

天才は――すべてがそうではなく、本当の完璧超人も存在するのだろうが――生活力や社会性、どこかしらに欠陥を抱えているという。才能にステータスを極振《ごくぶ》りして、他に回すリソースが足りなくなるらしい。

では逆に、後天的にどこかが破壊された場合は？

壊れた部分にリソースを注ぎ込まなくなるのか？

そんなわけはないだろう。普通は欠けた部分を補おうとして余分にリソースを割き、一般人と比較して著しく劣った人間に育ってしまうはずだ——と、詩織は考えていた。

だからきっと、両親もこうした欠陥を抱えているに違いない。そしてそんな両親から生まれた自分にも欠陥があるのだ。

そう考えるのが、詩織の自分の心を守る方法となった。

その点で言えば、彼女もまた異常であった。

自分が無条件におかしいのだと思い込んだ彼女は、共感性を放棄した。結果として、天才的な理解力を得た。

共感はできないが理解はできる。

人間らしさを失った代わりに、〝こう振る舞えば人間らしくなる〟と理解している。

そうやって生きるほうが賢いと、そう理解していた。

だが同時に、そうやって人間らしく演じるのはストレスである。

だからこそ、そう振る舞う必要のある男にはなびかない。

下心を見透かせてしまうほど浅い男など、浅はかな男など、自分が手に余る女だと知られれば捨てられるのは目に見えている。

残念ながら鼎詩織という人間の遺伝子は、彼女の表面上を比較的整ったものに仕上げるよう設計されていた。そのため、これまで言い寄ってきた男は十人や二十人ではきかない。きっとこれからも増え続けることだろう。

慢性的な煩わしさにため息をひとつ吐きながら、トイレで手を洗って教室へと戻る。

ふと、出入り口である扉の反対側で足を止めた。

「詩織〜、何見てんの〜？」

室内のクラスメイトから声をかけられた。

ここは校舎の３階廊下、窓の先には近所の風景か山しか見えない。

加えて、詩織の立つ位置からだと地面まで見下ろせる。

玄関の位置から言えば、そこは校舎裏。学校の敷地を取り囲む壁と、校舎の外壁との隙間。

数人の男子がいた。

ひとりは小太りで、普通の女子から人気は得られそうにない顔面偏差値。

あとはサッカー部か何かでよく見る、ちょっと不真面目そうな子たち。

後者がひとまとめなのは、前者のひとりを取り囲んでいたからだ。

「何あれ？」

声をかけてきたクラスメイトが、詩織の傍まで来て一緒に見下ろす。

彼女はいわゆるぴえん系女子とかいう、浅い男に身体を売るタイプの人間らしい。

本人に興味が湧かなすぎて、詩織はどうにも名前を覚えられなかったが、それなりに偏差値の高いこの高校においても、そういう属性の人間がいることは興味深かった。

「いじめ、じゃないかしら」

人気のない場所に隠れてひとり弁当を食べていた同級生を、わざわざ探し出して因縁を付け、暴言や暴力と捉えられないギリギリの線で攻撃する。

表情や時間的・場所的状況から察するに、そういう構図に見えた。

くだらなくて、陰湿で、浅い人間がよくやる〝遊び〟。

何が楽しいのかわからないのは、自分がおかしいからだろうか。

詩織はそんなことを考えていた。

「かわいそ〰〰〰〰。あの子まじぴえんだね〰〰」

「そう思うなら助けてあげるか、先生に言いに行けば？」

「え〰〰？　でもあたしにメリットないしな〰〰」

鬱陶しい喋り方にうんざりしながら、結局は詩織も彼を助けたりはしない。

矛先が自分に向いたら？

勘違いした男子に言い寄られたら？

告げ口をした教師が解決を放棄するタイプだったら？

〝次〟を考えると、行動に移すのは億劫だった。

その点だけは、ぴえん系女子と意見が一致する。それさえも嫌悪感を覚えずにはいられなかったが。


「鼎」

「はい」

期末試験の答案の返却日。

同級生たちの悲喜交々《こもごも》な声が上がる。

「うわぁ～ここ間違えてたかぁ～……」

「どうだった？」

「ちょっちぴえんな感じ～～～。詩織はどうだったぁ？」

「平均点は超えたかな」

「くぅ〰〰余裕ぶっちゃって〰〰〰〰」

進学校だけあって、勉強だけしていれば教師にとやかく言われることがなくて楽だった。部活は入っても入らなくてもいいし、人とかかわることが煩わしい詩織としてももちろん部に所属する気などない。

高校生活はたまに——先輩、同級生、後輩問わず——男子から交際を申し込まれるのが鬱陶しいだけで、至って平穏だ。不思議なことに、女子から告白されるという経験だけはなかった。同性間の恋愛もだいぶ普通になってきたこの時代だというのに、何か察するものでもあるのだろうか。

家庭環境においても同様で、中学生になったあたりから、父親に首を絞められることもなくなった。

ただ、家族仲は冷え切っている。ほとんど会話がなく、家に帰っても勉強が捗《はかど》ることこの上ない。

詩織は、自分の家庭環境が異常であることを、とうの昔に自覚していた。

同級生が「お父さんが」「ママが」と家族をネタに話しているとき、「普通の家族はそういうものなんだ」と理解したからだ。

それさえ覚えれば、それらしく振る舞うのに苦労はなかった。

テレビやインターネットを見れば、「普通の家族」の模範は腐るほど見つかる。

あとは緻密なキャラ作りさえ忘れなければ、誰にも疑われない。

家族が異常であることも、自分が異常であることも。

もしバレたら、両親が社会的な制裁を受け、詩織もさらに劣悪な環境に身を置くことになるのは目に見えていた。

ちょっと苦しいのを我慢すれば済む話。

それもなくなった今、状況はもっと単純だ。

自立するまでのタイムリミット。父も母も自分も、この家族ごっこを続けるのは詩織が高校を卒業するまでだと、暗黙の了解として認識していた。

束の間の凪《なぎ》ではあるが、詩織の心は壊れたままだった。

■

志渡《しと》颯太《そうた》の名前を初めて認識したのは、高校1年の修了式のあとだ。

進学校の生徒であっても、修了式が終われば多少は羽目を外したくなるらしい。

例のぴえん系女子から「ねぇ〰〰カラオケ行こうよ〰〰、詩織もさ〰〰」と甘ったるい声で誘われ、咄嗟《とっさ》に「ごめん、ちょっと図書室行きたいから」と言い訳してしまったため、仕方なしに図書室で時間を潰していた。

さすがにもう誰もいないだろう、と思って昇降口に行くと、下駄箱の前に男子が立っていた。

(あれは……)

いつぞやのいじめられていた男子だ。

少し観察しただけでわかる。髪も肌も健康的とは言えず、爪もガタガタだ。よほどストレスを抱えているのだろう。

彼が手にしていたのは、ハートのシールで封をされたラブレターらしき便箋だ。

(意外とおモテになる……というわけではなさそうね)

震える手がラブレターを開封もせず握り潰し、傘立ての横にあったゴミ箱へと叩き込んだ。そしてヨレヨレのスニーカーを取り出し、乱暴に足を突っ込んで下校していった。

詩織が初めて、能動的に、男子に興味を抱いた瞬間だった。

下品であることを承知しつつ、周囲を確認してゴミ箱から握り潰されたラブレターを取り出す。

『志渡颯太様』という宛名が、先ほどの男子の名前であろう。

中を確認すると、露悪的で頭の悪そうな文章が記されていた。

「『期待しちゃいました？　残念でしたー！　誰がお前みたいなクソデブにラブレターなんか書くと思ったんだよｗｗｗ　ビンボー特待生様は飛び級でもしてとっとと学校卒業しろよ！　人生卒業してもいいぜ、そっちのほうが面白いから！』……何ともひどい文章だこと。しかも手書きだなんて不用意この上ないわね」

あまりにも稚拙で呆れてしまった。

これが同じ偏差値の学校に通う生徒の書いた文章なのだろうか。小学校高学年の児童でももう少しマシな作文を書けるだろうに。

かなりズレたことを考えながら、詩織は偽ラブレターを鞄の中に入れた。

そんなことより。

(志渡……颯太……)

彼はラブレターの中身を確認することなく、即座に握り潰して捨てる判断をした。

それはつまり、偽物だとわかっていたからだ。

いや、彼の容姿は確かに期待できない側の人間のものではあるが、それでも一縷《いちる》の望みをかけて封を切る選択だってあったはずだ。

なのに、それをしなかった。

自分に魅力がないことを重々承知している。

自分を諦めている。

もっと言えば、いじめられている自分といじめている側を常に意識しているのだ。

こんなくだらないことをする人間なら、どこかで反応を見て楽しんでいるに違いない。これだけ下校時刻を遅らせても、一切油断せずそう考えている。

だから、もし見られていた場合のことを考えて、楽しませてやるものかとゴミ箱へ即座に叩き込んだ。

志渡颯太という人間のプライドが、隙を見せることを拒んだ。

一体何が彼を、彼の感覚を、そこまで鋭利に研ぎ澄まさせたのだろうか。

詩織は猛烈に気になって仕方なくなった。

その感情を特定するのに、そう長くはかからなかった。

■

高校2年生。模試は多いが、まだ受験勉強に集中するほどではない。

そろそろ進路を確定しなければならない時期に差し掛かっているが、詩織はどこの大学でも——国公立でも余裕で通る判定を得ている。

あとはどこへ行くか、たとえば一人暮らしをするにしても親の手を借りるのか、奨学金を借りて自分で賄うのか、それだけの話だ。

「詩織はいいよね〰〰進路に悩まなくてさ〰〰」

違うクラスになったのに、休み時間になるとやって来てまとわりついてくるぴえん系女子。

詩織は未だ名前も覚えていないのに、何故こんなに気に入られたのだろうか。

「私もちゃんと悩んでるわよ。何がしたいのかもまだ決まらないし」

「え〰〰そうなの〰〰？　でも何がしたいかだけに絞れてる分、やっぱりうらやましい〰〰。あたし志望校もまだだし〰〰」

「文理どっちかぐらい決めてるんでしょ？」

「まぁ……ねー。それくらいは」

なんだか急に声のテンションが下がった。

「この学年になるとさ、もうみんな自分のことで精一杯じゃん？　だけどあたしバカだからさ、自分より他人のことが気になっちゃうんだよね」

「あら。意外と損する性格だったのね」

「そ、意外とね〰〰」

ぴえん系女子が言いながら、柔らかな笑顔を作った。

その表情は、詩織の心の表面に指を沿わせるような刺激を与える。

（……）

何かの錯覚だろう。詩織はすぐに興味を失い、今もっともトレンドである志渡颯太のことを考え始めた。

彼はどんな進路を選んでいるのだろうか。

将来の目標は定めているのだろうか。

具体的な志望校は決めているのだろうか。

こんなにも異性のことが気になるのは、生まれて初めてだった。

彼のことを考え始めると、あっという間に時間が過ぎてしまう。

クラス替えでどこにいるかは把握している。成績上位のクラスに編入されていた。

詩織は学年の中上位〜上低位といったところで、ギリギリ同じクラスに入れなかった。

——だが、何も悲観していない。

状況的にはむしろいい。詩織の中での志渡颯太という人間を分析していると、〝同じクラスの女子〟みたいな属性に抵抗を見せそうな気がした。中学時代までは知らないが、修了式の日の様子から察するに入学からほぼ1年近く、ずっといじめを受け続けてきたのは想像に難くない。

誰かと一緒に居るところを、きっと誰にも知られたくないだろう。

（そろそろ接触してみようかしら）

春は陽気で、昼食時には外に出たがる生徒が多い。

であれば、おそらく校舎の中か、どこか人気のないところで食事をしているに違いない。体育館はさすがにないだろう。彼の嫌いそうな陽キャのたまり場だ。

（となると……）

屋上出口手前の踊り場か、階段下、鍵のかかっていない物置教室のどこかだろう。

トイレという線も考えられるが、プライドの高そうな彼がトイレ飯を許容できるかは疑問だ。

場所を片手で数えられるぐらいに絞り込んで探すと、わりとすぐに見つかった。

まさに屋上出口手前の踊り場にいた。この学校は事故防止のために屋上を開放しておらず、生徒の出入りがまったくないので人気もほぼない。

空気は淀み、少し埃っぽい臭いが漂っている。日差しで暖まったコンクリートが熱を伝え、あまり寒くないのだけが救いか。薄暗くて、志渡颯太という人間がそこにいるのがあまりにも自然に思えた。

階段に背中を向けるようにして座り、弁当を食べている。

「こんにちは」

「――――ッ!?」

詩織が挨拶すると、颯太は肩をビクッと跳ね上げた。

恐る恐る振り向き、声の主を確認する。

そして、縁のなさそうな女子が声をかけてきた事実に、軽くパニックを起こした。

「な、な、な……なん……？　だ、誰……？」

「私、鼎詩織。同じ学年の2組。あなた、3組の志渡君でしょう？」

組と名前を認識されていることにますます混乱したようだ。

あらゆる可能性を頭の中に列挙し、状況の把握に努めようと必死になっている。

「ど……どうして俺の名前を……」

「内緒。ねぇ、なんでこんなところでご飯食べてるの？」

「……」

質問すると、急に冷静になったのか元の体勢に戻った。

「衛生的によくなさそうだしさ。校庭の隅とかのほうがまだよくない？　気持ちいいと思うけど」

いかにも陽キャらしい提案を、あえて投げかける詩織。

見知らぬ人間から、事情を知らなそうな人間からこう言われて、どんな反応をするのか。純粋な興味から尋ねている。

「……俺の名前は知ってるくせに、事情は知らないのかよ」

やはり頭の回転が速い。

浅い人間には不可能な、会話の内容から相手の意図を理解しようとする能力。きっと彼は詩織と本質的に近い人間なのだ。

詩織の胸が高鳴る。

「何かあるの？」

「いじめられてんだよ。言わせんな」

「それがどうかしたの？」

「興味本位で近づいたら、お前もいじめられるかもしれないぞ。嫌な思いしたくないだろ」

投げやりに言う。

その言葉の裏の意味をすぐさま理解し、詩織はますます興味を強めた。

自分のことよりも他人を気に掛けている——のではない。

自分には心配されるだけの価値がない。少なくとも、同年代の女子はルッキズムの権化である。いじめというセンシティブな問題にも首を突っ込みたがるはずはない。

そんな人種が、何の意図もなく接触してくるだろうか。

やはりこんな状況でも、自分を諦めている。

期待を裏切られるのが怖い。

期待したくないのだ。

「いじめなんて所詮幼稚なお遊びよ。そんなもの、社会に出るまでの辛抱じゃない」

「毎日のようにバカが絡んでくるんだぞ。どれだけストレスだと思ってる」

「そのバカを見返してやるために、今頑張ってるんでしょ?」

上位クラスに編入されるには、相当な努力が必要だ。

初めていじめの現場を目撃したのは、1年次の秋頃。以降、毎日というわけではないが、かなりの頻度で見かけていた。見ていないところでも毎日やられているのだろう。

学校環境がそのような状況なのに、毎日登校して学力も維持している。

強靭な精神力と忍耐力がなければできない。

ただ――

「……どうせ俺なんか、どれだけ頑張ってもダメさ」

この卑屈さはどこから来るのだろうか。

颯太のすべてを理解するには、まだ足りない。情報も、時間も。

昼休み終了の予鈴が鳴った。

「あら」

「じゃあな」

弁当袋を手に、そそくさと立ち去る颯太。

詩織は無表情のまま、彼の後ろ姿を見送った。

■

「おかえり……颯太」

「……」

痩せこけた母が出迎えるが、颯太は何も言わず自分の部屋へと一直線に向かった。

志渡家は母子家庭だ。

父は颯太が14歳の頃に出て行き、今も音信不通である。

帰ってこなくていい――というよりは、帰ってこないでくれと願っている。

定職に就かないどころかろくに働かず、酒を飲んでは妻に手を上げるようなクズだ。

「昔はあんなじゃなかったのよ」

一度、母が父を庇《かば》って言ったことがあった。

昔はそれなりに腕のいい職人で、真面目に働いていたらしい。

ところが颯太が生まれて2歳になる直前、職場で転落し足が不自由になった。

志渡家の運命が狂った瞬間だ。

働けなくなった父は、酒に溺れるようになり、すっかり人が変わってしまった――

という、サスペンスドラマで腐るほど作られた、チープな悲劇だ。

収入は母のパート代と父の障害年金があったが、酒だけで一般家庭のエンゲル係数を突破していたので、極貧と言って差し支えない生活を強いられていた。

その上、颯太にとって家庭内暴力は身近なものだった。

血を流したことも一度や二度ではきかない。

児相や行政の職員が来たことも一度や二度ではない。

彼ら大人が来るたびに、父は母に応対させて「大丈夫ですから」と追い払わせた。

何が大丈夫なものか。

母にはすぐにでも父を捨てて、自分を選んでほしかった。

それでも母は、あんな父を捨てられなかった。

颯太には理解し難かったが、在りし日の思い出がためらわせたのだろう。

極貧生活はいじめも引き起こした。食生活の偏りや着る服の少なさ、そういった些細な違いを子供は敏感に感じ取る。

それは小学校から中学校へと続き、高校に上がってもまた新たないじめが始まった。

やがて颯太の性格も歪んでいき、世の中すべてを憎むようになっていった。

「ねぇ颯太……今日の晩ご飯なんだけど……」

「……何でもいいよ」

扉越しの会話。

世の中をすべて憎んでも、唯一の味方である母親だけは切り捨てられない。

ただ自分よりも父を優先したことだけは許し難く、面と向かって話をしたくない。

もし部屋に入ってきたりしたら――

「鶏と魚、どっちが……」

「何でもいいっつってんだろ！　入ってくんじゃねえよ!!」

手元にあった筆箱を、開きかけた扉に投げつけた。

ガァン！　と派手な音を立てて、中に入っていたペンがバラバラと散らばる。

「ごっ……ごめんね……ごめんね颯太……」

「……」

こんなはずではなかった。

父が蒸発してから、やっと平和が訪れると思っていた。

なのに、母が相変わらずあの様子で、無性に苛立ってくるのだ。

いっそ強く叱ってくれたほうが、まだ素直になれただろう。

わかっている。母が息子に対して負い目があるということも、父という心の支えでもあり枷でもあった存在がいなくなって、頼れるのがその負い目のある息子だけになったことも。

母の気持ちは痛いほどわかる。だからと言って、割り切れるわけがない。

何より自分の中に流れる半分――父の血が、色濃く出てきているのが嫌で嫌で仕方なかった。

顔つきも、体形も、粗暴な性格までも。

その事実が、颯太を四六時中苛《さいな》んでいた。

「ちくしょう……ちくしょう……」

母があんな父を選ばなければ。

せめてあんなふうになった父を捨ててくれていれば。

自分の人生はもっと違ったものになっていたかもしれないのに。

■

翌週。

詩織は再び颯太の昼食場所へと赴いた。

「いたいた。探したのよ」

実は毎日探していたのだが、颯太も毎日昼食場所を変えるので、うまく見つけられなかったというほうが正しい。単に週をまたいでしまっただけだ。

今日は前回と同じく、屋上手前の踊り場にいた。

「……何しに来たんだ……」

颯太としてはこんなに短期間で二度も話した女子は久々で、まとわりつかれる心当たりもなく困惑を隠せない。

「ご挨拶じゃない。そんなに話しかけてほしくないの？」

「そういう話じゃ……いや、もういいよ。さっさと用件を言え」

どことなく諦めた様子の颯太。

「そうね。私もお昼は食べたいし、じゃあ手短に」

詩織の表情は相変わらず動きが少なく、颯太にとっても感情が読み取りづらくて気持ちが悪かった。

「今日の放課後、体育館裏に来てくれる？」

「何のために？」

「お話がしたいの」

「今ここでできるだろ」

「急《せ》くような雰囲気で話したいことじゃないから。それに言ったじゃない。お昼は食べたいし」

「はぁ……期待するなよ」

「来てくれるのね、ありがとう。じゃ、そういうことで」

鼎詩織という人間は、自分の都合を最優先するタイプらしい。

用事を終えたらさっさと立ち去っていった。

「……何なんだ、あいつは……」


放課後になると、部活動が始まる。それはこの進学校においても例外ではなく、颯太をいじめる数名もさすがに部活には参加している。たまにサボることもあるが。

いつもこの隙に逃げ帰っているが、今日はそうもいかない。

鼎詩織。何度も絡まれるのは、どうにも据わりが悪い。

いや――

（そうか。あの女、あいつらとグルの可能性もあるか）

体育館も部活で使われているので人気がないことはないが、それでも裏手のほうに回ると滅多に人が来ない。

以前、偽のラブレターを出してきたような連中だ。暇なことこの上ない。

あれで釣れなかったから、今度はあの女を使って呼び出してきたのだ。

そう考えれば辻褄が合う。

（昼休みにわざわざ約束を取り付けに来るなんて、周到なことを……）

今すぐ帰りたくなってきた。

だが、ラブレターの一件のあとはそのネタで散々イジられた。

ゴミ箱に捨てておいたのを確認しなかったのだろうか。「期待して持ち帰って中を見たんだろう」とずっと言われた。

どれだけ否定しても話が嚙み合わないので、バカに何を言っても無駄だと諦めた。

今回はあの女に直接告《コク》らせて、それをどこかで撮っているに違いない。

ならば——


（——とか考えてるんでしょうね）

詩織の口の端が少しだけ持ち上がる。

柄にもなく期待している自分がいる。

颯太は期待を裏切らない、と確信を持って待っていた。

そして、やはり彼はやってきた。いかにも不機嫌で、周囲を警戒していて、茂みや体育館の死角に視線をさまよわせている。

颯太が疑うのも無理はない。

疑う通りのことを、ここで行うつもりだから。

さらにきちんと期待通りの反応をしてくれることを、詩織は期待している。

これは儀式だ。

詩織が、颯太という人間を見定めるにあたっての、大事な儀式。

「来てやったぞ」

「ご足労いただき感謝します」

「慇懃《いんぎん》無礼もそこまでいくと清々しいな」

まったく清々しそうに思えない態度だ。

だがこれでいい。

「今日は志渡君にお願いがあって来てもらいました」

「何だよ」

一応息を整えるふりをして、できるだけ笑顔を浮かべ、

「私とお付き合いしてください」

きっと颯太が好きそうであろう、清純派を演じながら、その言葉を発した。

果たして、颯太の反応は——

「そんなこったろうと思ったよ」

驚くでもなく、まさに「思った通り」という表情だった。

睨《ね》めつけるように、眉を寄せて正視する颯太。

「どうせあいつらがどこかで撮ってんだろ？　知ってるよ。もう演技しなくていいから。こんなくだらないことに付き合って、お前も相当暇だな」

「あら、私がいじめに加担してこんなことを言ってるとでも？」

「当たり前だろ。俺よりいい条件の男子はもっと他にもいる」

「ひどい……傷ついちゃうなぁ。私は志渡君がいいのに」

ふっと俯き、口を尖らせる。

全部、演技だ。

颯太をその気にさせるための演技。

「じゃあ俺を好きになった理由を言ってみろよ。お前、ここまで『好き』って言葉を使ってねえぞ」

詩織はにやりと笑みを浮かべた。

(合格)

その笑みは颯太に感づかれないように仕舞い込み、顔を上げて向き合う。

「そうね。私、『好き』って気持ちがわからないから」

「意味わかんねえぞ」

「だから、『好き』って気持ちを理解したくてあなたにお願いしてるの。付き合ってくださいって」

「俺じゃなくてもいいだろ」

「志渡君じゃなきゃダメなの」

「答えになってねえ!!」

突如、颯太が激昂する。

「なぁ、こんな回りくどいことして楽しいか!?　笑うならもっとストレートに笑えよ!　クラスも違うのに、今まで面識すらなかったのに!!」

「人を好きになるのに、面識って必要？」

「今さっき『好きじゃない』って言ったばっかだろうが!!!」

「言葉をはき違えないで。『好き』がわからないだけで、『好きじゃない』とは言ってないわ」

「どっちも同じだろ!!!　何で俺なんだよ!　お前意味わかんねえよ!!」

颯太は半狂乱になって、ますます語気を強める。

「どっかで見てんだろ!　面白がってんだろ!!　こんなくだらないことのためにわざ

わざ呼び出して、そんなに俺がイライラしてる姿が見たいのかよ!!!　出てこいよ!!!

ぶっ殺してやるから!!!」

顔を真っ赤にして、喉の限界を超えて叫ぶ。

痛々しい姿だった。

初めて見る、感情をさらけ出した颯太。

だが詩織は内心で、これ以上なく喜びを感じていた。

颯太は自分を諦めていた。少なくとも、ついさっきまでは。

ここへ来て、急に期待をさせようとする女子が現れた。諦めさせてくれない、異性が現れてしまった。

プライドとコンプレックスの狭間で、なお罠かもしれないという警戒感に脳裏を殴られ続け、感情を抑制できなくなっている。

これが、志渡颯太という人間の中身。

(期待以上……！)

詩織は喜びを抑えながら、後始末を始める。

「聞いて志渡君。ここには誰もいないわよ」

「うるさい！　お前もあいつらの仲間なんだろ!?　こんなことして面白いのかよ！」

「――――！」

ブレザーの襟を摑まれ、そのまま絞められる。

急に、詩織の中で古い記憶が蘇った。

『お前も俺をバカにしているんだろう……！』

首を絞める父の面影が、颯太と重なる。

途端に理解した。

あれが父の愛情表現だったのだ。

愛情表現だったと、解釈してしまった。

ぶつけようのない怒りを向けられる相手。外では決して誰にも見せられない姿。

ああ、父もとっくに壊れていたんだ。

詩織はたとえようのない高揚感に包まれた。

食い込む襟が、血流を阻害する。ぼんやりとした思考で、苦しいはずなのに、ただ多幸感を覚えている。

記憶の中で、首を絞められている詩織がさして苦しくなかったのは、こういうことだったのだ。

「……かはっ……！」

「……！」

とはいえ身体は嘘をつけない。引っかかった空気が喉から漏れ、その音を聞いて颯太も正気に戻り手を離す。

（こ……こいつ、今……？）

一瞬浮かんだ詩織の恍惚とした表情を、颯太は見逃さなかった。

しかしすぐに自分が彼女の首を絞めた事実を思い出し、今のはやり過ぎたと焦りで混乱をきたす。

「ご、ごめん……手を出すつもりじゃ……」

「はっ……はっ……い、いいの……大丈夫……」

詩織の脳も、酸素と一緒に正気を取り戻した。

考える隙を与えてはいけない。

颯太を追い込むための、詩織の罠。

「とにかく、私は本気だから。返事、待ってるからね」

それだけを言い残して、詩織は決して焦らず、悠然とその場をあとにする。

残された颯太は、手に残る感触と罪悪感で頭がいっぱいになっていた。

■

部活終わりの時間。

夏が近づくこの時期になると日もだいぶ長くなるが、さすがに日の入り後は薄暗さを実感する。

颯太をいじめる不良たちはいつもダラダラしているので、帰りがけには下校する生徒の姿はほとんど見当たらない。

「あ〜かったりぃよなぁ。進学校なんだから部活なんてもっと手ぇ抜いてもいいだろ」

「出ないとクソ怒るもんな、顧問《あいつ》。先輩もうるさいしやってらんねー」

「もうやめちまうか」

「でも中途半端な成績だからヤベェんだよな……この学校にしなきゃよかったわ」

4人は低位クラスに属している。当然だが進学先の大学選びには困ることが確実で、部活で少しでも底上げしなければ卒業さえ危うい。

勉強もスポーツも中途半端にできてきた人間が、初めてぶち当たった壁。

これまで周りを見下してきたのに、見下される側に立ってしまった。

そうしたストレスを、誰かにぶつけないと気が済まない。

どう逆立ちしたって女にモテないツラのくせに、学年上位の成績を誇る。そんな奴がいるから自分たちが惨めな思いをするのだ。

誰ともつるまず笑っている姿さえ見たことがない。そんな奴なら誰も味方にならないだろう。そう思って、連日いじめに興じている。

「……まぁ、こんなところかしらね」

「うぉっ……!?」

電信柱の陰から急に女子が現れ、4人は驚いて足を止めた。

「な、何だよ。お前、誰？」

「あーこいつ知ってる。2組の……鼎？　だっけ」

「へぇ、カナエちゃんって言うの。超美人じゃん」

「違うよ、鼎が名字だったと思う」

詩織は一言も発していないのに、口々に喋って話を進める。

バカすぎて、相手をするのも面倒だ。

だが彼らは避けて通れない。志渡颯太を手に入れるためには。

「私の名前を知っているなら話は早いわ。ちょっとお願いがあって待っていたの」

「え、何なに？　ひょっとして俺のファン？」

「ちげーだろ、絶対俺だって」

「お前レギュラー落ちしてんじゃん」

「アホか、まずは話聞けよ。ごめんね鼎ちゃん」

名字でも呼ばれると虫唾が走るが、多少は話を聞く姿勢がある分まだマシだ。

五十歩百歩だが。

「そうね。聞く姿勢を持ってくれるのは助かるわ」

最後のひとりが得意げになる。これっぽっちも好意は抱いていないのに、何を誇っているのだろうか。

「で、単刀直入に訊ねるけど、あなたたち志渡颯太君をからかって遊んでるわよね」

にわかに空気が変わった。

「何それ。何か証拠でもあんの？」

後ろめたいことがある人間の焦り。

「お前今初めて喋んじゃん。何様だよ」

無関係の人物に指摘されて、逆ギレ一歩手前の憤慨。

「もしやってたとして、お前に何か関係あんの？」

それがどうしたという開き直り。

「かわいい顔が台無しだよ～。そんなことより俺らと遊ぼうよ～」

誤魔化そうとする欺瞞と下心。

浅い。

どこまでも浅い。

アスファルトの凹みぐらい浅くて、いっそドブのほうが底知れなくて興味が持てる。

「証拠はあるわよ」

詩織はスマホを取り出し、いじめの現場の写真の一覧を見せた。その中には偽ラブレターの文面もあった。

物証は強力だ。指紋も付いているし筆跡鑑定に出せば誰が書いたかわかる。

「あ……」

「集めるのは造作もなかったわ。あなたたち、暇さえあれば彼にまとわりついてたもんね」

「てっめ……！」

リーダー格と思われるひとりが詩織のスマホを奪い取ろうとした。

「あら、私にも暴行する気？」

詩織が道の反対側を指さした。

その先にも電柱が立っており、そこには街頭防犯カメラ――監視カメラが取り付けてある。

「通学路ってね、事故が多いから行政が見張ってるのよ。私が被害届を出さなくても、何かあればすぐに警察が来て調べるでしょうね」

「くっ……」

「続けていいかしら？」

4人が黙りこくる。それを了解の意と受け取り、話を続ける。

「まず最初に。私に危害を加えた場合、あなたたちのいじめの証拠をすぐさま警察、教育委員会、報道機関に送る」

契約書でも読むかのように、平坦な声が響く。

「証拠の内容は、私が撮った写真や動画はもちろんのこと、特定したあなたたちのSNSアカウント、いじめの現場を撮影してアップロードしたデータも魚拓を取って、URLでまとめたもの。スクショも撮って動画もローカル保存してあるから、今更消したって無駄よ」

あまりにも手際がよすぎる。

「何でそこまで知ってるんだよ……」

「あなたたちに危機管理意識がなさすぎるだけじゃない。何月何日、どこで何をしてたか調べて、それに関連する言葉で検索したらすぐ出てきたわ。先週、サッカーの試合があったんでしょ？　お仲間と青春していいわね。裏ではひとりの同級生男子を寄ってたかって嬲《なぶ》ってるくせに」

4人の顔色がみるみる青ざめていく。

「証拠は複数箇所に分散保存してある。データはこのスマホにある分だけではないってことね。だからこれを壊したところで何の意味もない。私が死んだ場合でも、今は便利なwebサービスがあってね。遺言として各所に送信するように設定してある。短慮は起こさないほうがいいわよ。そういうわけで、あなたたちの学生生活と未来がどうなるかは私の手の内にあるの。ここまではいいかしら？」

「……」

何も言えない。

彼らの胸中にあるのは反省か、後悔か、あるいは恐怖か。どちらかと言えば、粉々に砕かれたプライドだろうか。

最初からあってないような、安いプライドだ。

虚ろな瞳で、詩織のスマホを凝視している。

「じゃあ本題。私はこれから志渡颯太君とお付き合いをします」

8つの瞳が正気を疑う色に変わって、詩織を凝視した。

「――は？」

「え……ええ？」

ようやく漏れ出た声。

自分たちよりも、外見で圧倒的に劣るであろう男子を選ぶという。

「冗談だろ……？」

「本気よ」

表情ひとつ変えず、即答する詩織。

互いに顔を見合わせて、何が何だかわからないといった様子で首をかしげ合う4人。

「あなたたちに彼の魅力が理解できないというだけ。だからそこに疑問は持たなくていいわ」

「じゃ、じゃあ俺たちはそれを邪魔しなきゃいい……ってことか？」

「そうね、察しがよくて助かるわ。私と彼が一緒にいるときは絶対に邪魔しないこと。また、私たちの交際を誰にも言わないこと。これが要求のひとつめ」

　ひとつめと聞いて、４人はゲンナリした。

　これからいくつ要求されるのか、わかったものではない。自分たちの人生が人質にされているのだから、何も文句は言えないが。

「もうひとつは、志渡君へのいじめをこれからも続けること」

　再び顔を向かい合わせて、さらには詩織の顔をもう一度確認する。

　自分たちの耳がおかしかったのか、聞き間違えたか、あるいは——

「ごめん、もう一度聞いていい？　やめろって話だよな？」

「耳が悪いの？　これからも続けてって言ってるのよ。それも頻度や方法、程度は変えず、志渡君に疑われないように。私のことも黙っておいて」

　４人はここに至ってようやく、鼎詩織の真の異常さに気づいた。

　額や背中が、スポーツをしていたときとは別種の汗で濡れる。

「あの……それって……」

「できるでしょ？　今まで執拗に彼を追い詰めてたんだから。当然だけど、要求のどちらにも応えなければ、あなたたちの人生はその時点で終了すると思ってちょうだい。まぁ、百歩譲ってＳＮＳアカウントの削除くらいは認めてあげてもいいわ。でも現場の撮影はこれまで通りちゃんとやってね。あとで消してもいいけど」

この女は、かかわってはいけない人種だ。

「ま、待て。おま……鼎さん、あんたあいつと付き合いたいんだろ？　それを邪魔しないだけじゃダメなのか？」

「当然でしょ？　でもその理由をあなたたちに教えても、きっと理解できないわ。だから、言われた通りにやればいいのよ」

この女は、根本的に、頭がおかしい。

「質問はないわね？　じゃあこれから卒業までよろしく。いいお友達になれると嬉しいわ」

にこりともせず、愛想も浮かべず、くるりと背を向けて去っていく。

残された4人のうち、1人がその場にへたり込んだ。

■

週をまたいで3日ほど経ったが、颯太が詩織を訪ねることはなく、相変わらず昼食場所をコロコロ変えて逃げ回っていた。

これでいい。

あの不良たちがちゃんと言うことを聞いて〝機能〟している証拠だ。

今日は昼休みになってわりと早い段階で、颯太の居場所を探し当てられた。

初めて颯太の姿を見た、壁と壁の間だ。探し当てたというより、上から見ていたというほうが正しいが。

「見つけた」

「……」

相変わらず無愛想で、目を合わせようともしない。

まだ食べている途中だから当たり前だが。

弁当の中身を覗き見ると、野菜と肉類がきちんと収まっており、母親の愛情が感じられた。

「今日は私も同席しようかな」

コンビニのサンドイッチとペットボトルの紅茶を持参していた。

コンクリートの犬走りに腰を下ろし、サンドイッチを開封する。

「そんなのばっか食ってたら身体壊すぞ」

「あら、心配してくれるの？　でも大丈夫よ。ちゃんとカロリー計算してるから」

「……そうか」

ふたりで並んで、黙々と食事をする。

食事中の沈黙には慣れている。お互いに。

ただ、颯太は何を話していいかわからないだけだ。

詩織は家族の関係が冷え切っており、一緒に食事をする機会が減っているのが原因だった。たとえ同じ席に着いて食事をしても、話すことなどない。

颯太にとっては落ち着かず奇妙な感覚だったが、詩織はこの穏やかな時間も悪くないと思っていた。

心地よい沈黙もあるのだと、そんな小さな驚きがあった。

同時に、指に刺さった棘《とげ》のような葛藤も覚える。

もしかしたら、自分は壊れていないのでは。

もしかしたら、もっと他に手段があるのでは。

そんな考えが一瞬過《よぎ》るも、〝先〟のことを考えるとそれは確かだとは思えなかった。

即ち、将来の自分がずっと優しくいられる自信がない。

人並みに振る舞える自信がない。

これから颯太に行うのは、彼の尊厳を破壊することだ。

そう理解していながら、自分を止められない。

きっとこれが自分の愛情表現なのだ。

首輪を付け、首輪を付けられる。

そんな関係が自分たちには相応《ふさわ》しい。

「そろそろ返事を聞かせてくれるかしら」

紅茶を飲みながら言った。

颯太が身体をびくりと震わせ、動きを止めた。

「もうしばらく待っていてもよかったんだけど、このまま有耶無耶にされても悲しいなーと思って」

颯太は顔を背け、しばし黙考する。

好意を持たれたのかは微妙だが、付き合いたいというのは嘘ではなさそうだ。

ここ3日間のバカどもの様子を見ていても、鼎詩織という女性を意識した発言や仄めかしはなかった。

「……ひとつ聞きたいんだが」

「何？」

「お前、ラ……手紙みたいなものを俺の下駄箱に入れなかったか？」

「いいえ。入れるどころか書いてすらいないわ」

「そうか……」

本当に無関係のようだ。

「もうひとつだけいいか」

「ひとつだけじゃなかったのね。ま、いいわ」

「どうして俺なんだ」

あれからどれだけ考えても、やはり理由がわからなかった。

勉強ができるから、で好意を抱く女子は——世の中にはいるかもしれないが、そう多くはないだろう。

付き合いたいという動機、裏切られない担保がほしかった。

もし自分が彼女に好意を抱いたとして——抱かない確率はかなり低い。

何せとびきりの美人だ。同年代の平均身長より少し高く、切れ長の目と整った高い鼻筋、綺麗な口元、艶やかな黒髪。免疫のない男子が話しかけられて、好意を抱くなと言うほうが無理だ。

颯太と並べば、世間一般的には〝美女と野獣〟と評されることだろう。

だからこそ、期待を裏切られない証拠を欲するのだ。

「あなたは私と一緒だから」

涼やかで、抑揚を抑えた、シンプルな声音だった。

「一緒？」

「とても誇り高く、自分を知っていて、心の奥底に強いコンプレックスを抱えている」

心臓の鼓動が速く、強くなる。

吊り橋効果とは、何も恐怖を感じる場所でのみ発生するものではない。日常的な体験を共有したり、スポーツを一緒に観戦するなど、ある種の緊張や興奮が生じれば、脳がそれを恋愛感情だと誤認する。

原理さえ知っていれば、意図的に起こすことは容易《たやす》い。

颯太が期待していた以上の答えを、ふたりきりの状況で伝えるだけでいい。詩織にはその能力があった。

本人以上に本人を知る、理解力。

洞察の怪物。

「だから私はあなたに惹かれた。私が私であるために、あなたがほしい。志渡君」

いくら心に壁を作っていても、鎧を纏《まと》っていても、一点突破されてしまえば裸も同然だ。

颯太の心が撃ち抜かれた。殻を剝がされた心に、免疫などない。
とびきり極上の女子にここまで言われて、抵抗できるわけがなかった。
「……」
冷静になれと自分を叱咤《しった》すると、余計に焦りを生む。
考えなければならなかった。「詩織が持つ強いコンプレックス」について。
しかし初めて味わう多幸感が、判断を鈍らせた。
他に懸念材料があることも、颯太の脳をパンクさせる原因となっていた。
「そっ……そこまで言われると、俺も……嬉しい、けど……」
颯太をいじめる不良ども。
この関係を知られれば、詩織に危害が及ぶかもしれない。
そうなったときに、自分は耐えられるだろうか。後悔しないだろうか。
そんなことばかり考えていた。
颯太は正常な思考力を失い、詩織が目論んだ通りに事態が推移する。
「——ああ、いじめのことね。じゃあこうしましょう」
一押し。
「私たちの交際は内緒にする。校内ではなるべく接触せず、誰にも知られない安全な場所で会う。これなら安心できるでしょう?」

颯太は黙って頷いた。

その仕草も、軽々しく好意を口走らないところも、湧き上がる喜びを抑えようとする理性も、すべてが愛おしく思える。

詩織の瞳に、怪しい光が宿っていた。

■

詩織と颯太の秘密の交際が始まって2週間。

ふたりは最初に決めた通り、会う場所は校外、それも市外の公共施設などに限定しているので、学校の誰にも――例の4人を除いて――知られることはなかった。

頻度は3、4日に1度。

スマートフォンでのやりとりさえ必要最低限で、それも事務的な内容ばかり。

会ってもたいして話すこともなく、ただ一緒にいるだけだ。

一緒に勉強をしたり、一緒に本を読んだり、一緒に公園を歩いたり。

それが、颯太にとっては何よりの癒やしとなっていた。

つらい日々に差し込む、陽だまりのような癒やし。

「よう志渡。今日も相変わらず不細工だなぁ」

今日はツイていない。サッカー部の落ちこぼれバカ4人組、颯太は内心でバカルテットと呼んでいる奴らに、昼休み中に見つかってしまった。

「こんな寂しいところでぼっち飯食ってんなよ」

「もっと友達作ったほうがいいぜ」

今日は柔道場裏の物陰で食べていた。

近くに食堂はあるが、ここは校舎と別方向だ。

昼休みに開かれているわけでもなく、誰も来ないはず。

なのに、こいつらはやってくる。

「……」

「何とか言ったらどうなんだよ、ガリ勉不細工」

「ちゃんと風呂入ってんのか？　なんかカビ臭えんだよ」

上履きで背中を蹴られ、その辺にあったほうきで頭を叩かれ髪をぐしゃぐしゃにされる。弁当を半分以上こぼした。

「ほんと臭っせぇなぁ」

日の届きにくい場所だから、カビの匂いがしても不思議ではない。そんなこともわからないほどバカなのだ。

こいつらはこうした言いがかりを付けてくる。

反論したって意味がない。理解できる頭を持っていないのだから。

そもそも何故嫌う自分をわざわざ探して、嫌がらせをするのだろう。

もはやクラスも離れ、目に入ることもずいぶん減ったはずだ。

「お前と違って勉強もサッカーもやんなくちゃいけねえからよ。ストレス溜まんだよね！　っと」

話が終わると同時に足の甲で颯太の身体を蹴る。

「うっ……！」

サッカー部にだって、頭がよくて運動能力もいい人物はいる。

勉強もせず、部活にも真剣になれない人間が、どうして敬われると思うのか。

「勉強してるだけでいいやつはいいよなぁ。どうせ俺らのこともバカにしてんだろ」

その通り。

どうせ内心を知られるわけがないのに、どうしたって鼓動は速くなる。図星を指されると、それがまぐれだろうと冷や汗が滲む。

「ムカつくんだよ。お前みたいなの見てると」

颯太のつま先をぐりぐりと足で踏みながら、頭につばを落とす。

そんなことを言われると。

「……俺だって……」

「……あ？」

先日、詩織に呼び出されたとき、それまで溜まっていたものが弾け出した。

そのときから颯太の抑制のタガが、外れやすくなっていた。

「俺だって……お前らみたいなのに絡まれて……もううんざりなんだよ……！」

「ナニ口答えしてんだテメェ!?」

座っていた颯太の胸ぐらを掴み上げ、壁に叩きつける。

「――ぐぅっ」

「ナメた口利いてんじゃねえよ！　お前に俺らの気持ちがわかってたまるか！　したくてしてんじゃねえんだよ！」

何度も執拗に壁に叩きつける。

「おい」

颯太を掴む腕を、別のひとりが押さえた。

「……！」

胸ぐらを掴む力がわずかに弱まり、息苦しさが消える。

「昼休みが終わる。行こうぜ」

「……ああ」

4人は息を荒くする颯太を放置し、校舎へと戻っていった。

怒りで恐怖は覆えるが、根本的に忘れられるわけではない。大勢に囲まれる恐怖から解放された安堵で、身体を震わせる颯太。

必死に呼吸を落ち着かせ、別ルートからおぼつかない足取りで教室へと向かう。


先に戻り始めた不良4人が、校舎裏の玄関口から中へ入る。

外の明るさに反して入り口付近は影が濃く、さらには階段もあって薄暗い。

「危なかったわね」

影の中から女子生徒が声をかけた。

4人は一斉に驚き立ちすくみ、ゆっくりと女子生徒へと向き直る。

鼎詩織が立っていた。

能面のように無表情で、感情が読み取れない。

「な……何のことだ……？」

「うっかり漏らしかけたでしょう。私に脅されているとか、そんな趣旨のことを」

「……ぁぅ……」

どこから見ていたのだろうか。位置的にも、タイミング的にも。

気配を感じなかった。物音も聞こえなかった。

「ま、待ってくれ。確かにこいつが悪かった。だけど今回はちゃんと止めたから勘弁してくれ。これからも俺が止める役になる」

「そう。で、これまでよりヌルくなられちゃ困るんだけど、それは大丈夫？」

ぞっとするようなことを平然と言うので、４人は自分たちが間違っているかのような錯覚を覚える。

「それも……大丈夫。言われたことは忘れてない」

「そう。わかっていると思うけど、私とあなたたちの関係を仄めかした時点でも、邪魔をしたと判断するから。そのつもりでね」

言うだけ言って、去っていった。

金縛りが解けたように、４人が同時に大きく息を吐いた。

「あいつマジでやべえよ……」

常に監視されているような恐怖を覚える。一挙手一投足、一言一句を記録されているようで、怖気《おじけ》が止まらない。

「なぁ……誰かに相談しちゃダメなのかな」

「誰が味方してくれんだよ」

「親にバレたら半殺しにされるわ」

「警察とか？」

「証拠がなくて悪戯《いたずら》だと思われるのがオチだ」

途方に暮れる彼らは、力ない足取りで自教室へと戻る。

この状況が、少なくとも1年半は続く。

自分たちが犯した罪の重さを自覚したときには遅い。

何事もなく卒業し、社会へ出て行くために、彼女の言いなりになるしかない。

これまで「才能溢れる若者」であった彼らは、人生のどん底に落ちることだけは避けたかった。

散々バカにしてきた「才能のない人間」や「失敗した人間」には、何があっても落ちぶれたくない。

それが唯一残った、彼らなりの自尊心であった。

■

夏休みは何事もなく過ぎてゆき、新学期が始まった。

何事もなく。つまり詩織と颯太は清いままだった。

夏休み中は週に3回ぐらい会っていた。

両親から興味を持たれていない詩織は、頻繁に外出しても何も言われない。

颯太は母が週に3日はパートに出かけているので、そのタイミングに合わせて出ている。帰って来て「どこに行っていたの？」と聞かれても、無言を貫いた。

出かける先はやはり市外の市民会館や図書館、公園などだった。

颯太の懐事情を知っているため、詩織は金のかかる場所を提案しない。

相変わらずただ一緒にいて勉強するだけで、学生らしい遊びに興じることもない。

高校生にもなれば、交際を始めると猿のように性交するカップルもいる。

だが詩織と颯太は違う。

たった1ヶ月で身体を許すのは、(それはそれで嬉しいかもしれないが)軽い女だという認識を持たれる可能性もあったので、詩織から誘うようなことはしなかった。

颯太も特にそういった——たとえば手を握りたそうな素振りさえ見せなかったので、やはりというか自制心が強いらしい。
ちなみにサッカー部員である4人は、毎日の部活に参加しなければならない。部活をサボってまで颯太のもとへ行くのは物理的に厳しく、詩織もさすがにそこまで無茶は言わなかった。

2学期。

志望校に絞っての受験勉強が引き続き行われる。

夏期講習を受けた同級生が大半なので、大多数は授業にもついていける。

詩織と颯太は元々学力が高く、お互いを監視するように一緒に勉強していたこともあって、塾に通わなくても高い学力を維持していた。

詩織に問題があったとすれば、春に志望校が決まっていなかったことだろうか。

それもこの夏に解決済みである。

颯太から志望校をそれとなく聞き出し、そこを目標としたからだ。

目標を定めてからは定期テストや校内模試でも上位にランクインするようになり、詩織の知名度が高まっていった。

それは颯太の自尊心をくすぐるものであった。交際相手が〝いい女〟である証拠であり、さらにはライバル意識を燃やす燃料でもある。

詩織の地道な努力が、颯太を奮い立たせた。

「詩織すご〜〜。3年は3組編入間違いなしじゃな〜〜い？」

ぴえん系女子が、試験結果表の前ではしゃいだ。

「さぁね。それは先生が決めることでしょ」

言いながらも、詩織本人にも確信はあった。

むしろそうでなくては困る。これからの計画的にも。

「なんか……どんどん先にいっちゃうね」

「？」

彼女はたまにこういうときがある。

普段何も考えてなさそうなのに、心の空いた部分にスッと入ってくるときがある。

それが嫌な感じというわけではなく、なんだか不思議な感覚だ。

「ねぇ詩織、今日一緒に帰らない？」

突然の誘いに驚く。

彼女は休み時間や昼休みにちょくちょく絡みに来ていた。

ただ、ここ最近の詩織は颯太の様子を調べるために立ち回っているため、少し疎遠気味だった。

（まぁ……普通の女子高生のフリも、たまにはしておいたほうがいいわね）

普段はなるべく人を避けるようにしているので、友達と呼べる同級生はいない。

所詮卒業するまでの環境だが、修学旅行や文化祭のことなどを考えると、あまり高飛車に見えるような態度は周囲にも見せるべきではない。

「いいわよ」

颯太との約束がない日でもある。

ぴえん系女子と一緒というのが一抹の不安を覚えないでもないが、逆に意外な組み合わせで周囲の好感度が上がっていいかもしれない。


詩織たちは繁華街のほうに向かって歩く。

テストが終わったばかりだからか、同校の女子やカップルたちの姿もちらほら見られる。

ぴえん系女子が先行するので付いていくと、落ち着いた雰囲気の喫茶店に入った。

ちょっと意外だった。マクドナルドやスターバックスなど、いわゆる彼女らのような属性の少女がよく行く店を予想していた。

レトロな家具や調度品で統一された店内は、雰囲気というか演出が行き届いており、夏の制服で入る自分たちが浮いている気がする。

「ここね、あたしのお気に入り。友達……っていうか知り合いがやってる店でさ」

「驚いたわ。あなたにこんなお気に入りの場所があったなんて」

「個室もあるから、そっち使わせてもらお」

人のよさそうなおじさんマスターに挨拶し、奥へと進んでいく。

ちらりと見渡したところ客入りはそれなりにあり、意外と年齢層は若めに思えた。

個室の中もコーヒーや紅茶の缶などが並べてあるお洒落な空間で、座り心地のいい椅子もベルベットが使用されたクッションが縫い付けてある。

「だいぶお高いんじゃなくて？」

「そうでもないよ〰〰。スタバよりほんのちょっと高いくらい」

メニュー表を見ても、確かに法外に高いというわけではなかった。

ぴえん系女子はアイスカフェオレを、詩織はホットのレモンティーを注文する。

「この暑い日に、熱いの飲むんだね」

「夏も意外と身体が冷えやすいのよ。あなたも気をつけたほうがいいわよ」

配膳されたレモンティーをすすりながら、お腹の中がじんわりと温まる感触を楽しむ。

ぴえん系女子の案内する店にまったく期待していなかったので、満足感が高かった。

「――で、何か話があるんじゃないの？」

何もなく誘ったりしないだろう。

最初こそ何も考えずに誘った可能性もあったが、その懸念はすでに消えている。

「……うん」

カフェオレを一口、ストローで含んで喉を潤す。

「詩織、大丈夫かなって」

「……どういう意味かしら」

「そのままの意味。あたし、実は詩織のこと、自分と同類だと思ってたの」

「同類？」

「そう。ほら……家庭環境とか」

詩織の心臓が跳ねた。

このぴえん系女子はおろか、誰にも話したことはない。颯太にさえ、だ。

「私の家庭環境のことなんて話したことあった？」

「ううん。逆」

「逆？」

「詩織の口から家族のこと、一言も聞いたことなかったから」

詩織の額に汗が滲む。

「あたしたち、訊かれたくないことって徹底的に避けるんだよね。相手に気づかせたくなくて、意識もさせちゃいけないから」

彼女も詩織の同類。

何かが欠けてしまっている人物。

だが共感性はまだ放棄していない。心に強固な壁を作っていない、他者への愛情を持っている。

「あたしもさ、生きづらかったんだよね。家族とうまくいかなくて、中学までの友達も……いじめとかあったし」

普段とは打って変わって真剣で、神妙な口調。

彼女の奥底に、重くて苦いものがあったことが伝わってくる。

「それで夜中の繁華街に入り浸ったりして、結構危ない目にも遭って。それでも現実よりか楽だったな、息がしやすかったっていうか」

ぴえん系、量産型という言葉は、歌舞伎町近辺で生まれたと聞いた。

いわゆるファッションだろうと思っていたが、彼女も本当に現地へ行っていたタイプだったようだ。

「で、ここのマスターがたまに夜回りしてて、あたしみたいなのを助けているんだ。そこからこのお店にも来るようになったんだけどね」

店内の客層が比較的若めに感じられたのはそういうことらしい。

彼らはここのマスターに諭され、更生できた者たちだったのだ。

「そろそろ私をここへ連れてきた理由を教えてくれるかしら」

何が言いたいのかは大体把握できた。

ただ詩織をここに連れてきた理由はわからない。

「あたしもそうだったんだけど、周りに希望がないと興味が持てなくなっちゃうんだよね。たとえば……」

俯き加減だったぴえん系女子が、詩織に視線を合わせる。

「あたしの名前、覚えてくれてないでしょ？」

喉が徐々に渇いていくのがわかる。

ちゃんと呼吸をしないといけないのに、「そんなことはない」と否定しないといけないのに。

なんと返事すればいいのか。

早く返事しなければ。

名前が、出てこない。

「一度も名前、呼んでくれたことないよね。あたしは別にそれでもよかったんだけど……でも急に成績上がったから、何か目標できたんでしょ？　興味を持てるものが」

「それが、あなたに何の関係が？」

「あたしの勘違いだったらいいの。だけど、なんだかよくない方向に行こうとしてる気がしたから……」

妙な勘のよさを持っている。

この場をどう切り抜けるか、必死で頭を働かせていた。

一方で、彼女が本当に――初めての友達と呼べる存在であれば、違う選択ができたのだろうか、とも思う。

思えば、詩織に根気よく話しかけてくれたのは、彼女だけだった。

どうして名前すら覚えようとしなかったのか。

少しの気の持ちようで、自分を取り戻せたかもしれない。

こんなに優しい彼女を、自分のような欠陥品にかかわらせてはいけない。

転がり始めた石は、もう止められないのだ。

「……あなたの名前を覚えていないのは確かよ。よくしてもらって本当に申し訳ない話だけど」

「やっぱり……」

「でも、成績どうこうについては関係ないわ。私にもやりたいことができた、それだけのことよ」

「そうなんだ。それだったらいいの、こんなところまで連れてきちゃってごめんね」

どうしてあなたが謝るのか。

本当は自分が謝らなければいけないのに。

こんな、

「ええ、時間の無駄だったわ。もう私にはかかわらないでちょうだい」

傷つけるような形でしか、突き放すことができないのに。

「……ごめんね……」

共感性を放棄した詩織でさえ、胸が苦しくなる。彼女の悲しげな表情は、それだけ訴えかけるものがあった。

財布を取り出し、ふたり分のお金を出して机に置く。

「素敵な場所を紹介してくれてありがとう。レモンティー、おいしかったわ」

ああ、自分が壊れていなければ。

彼女を傷つけずに済んだだろうに。

■

次の日からぴえん系女子――あとで調べてわかったが、雨宮佳純《あまみやかすみ》という名だった――は、話しかけてこなくなった。これでいい。

佳純には佳純の人生がある。彼女の将来を、詩織が台無しにするわけにはいかない。

それが精一杯の、詩織の誠意だった。

2年の3学期にもなると、教室内の空気感もピリピリしたものに変わっていく。

より上位のクラスに移るための、最後のレースである。

大多数の生徒が通う塾が、受験勉強への対策をどんどん強めていくことも影響している。

今や進学校と塾は、切っても切り離せない関係だ。

その中で、塾にも通わず高い学力を維持する者は、密かに注目を集める。

颯太と詩織も、その中に含まれていた。

羨望と嫉妬。焦りや諦め。

仲間に取り込もうとする者もいる。足を引っ張ろうとする者もいる。

そういう煩わしさを嫌って、ふたりは誰にも与《くみ》しない。

(私の価値が高まれば、志渡君はますます私という存在を意識する……)

お互いさえいればいい。

ただ、詩織は颯太との関係をもっと深く、強固なものにしたかった。

単にいい女というだけでは、颯太を虜にはできない。

自分だけを見て、自分だけを愛して、自分に愛を実感させてほしい。

詩織は己でも気づかないうちに、少しずつ深みにはまっていった。

「え……もっとかれ……何？」

「苛烈。もっと痛めつけて、もっと苦しめてちょうだい」

例の不良4人は青ざめた。

この時期になると、部活に参加する機会がほとんどなくなる。低位クラスの彼らも、3年からは体裁上、受験勉強に集中しなければならない。本校は進学校だからだ。

志望校もかなりランクを落としてはいるが、遊び呆けていいわけではない。

なのに、この女は人生を棒に振る覚悟で、颯太へのいじめを激化させろと言う。

「頼む、これ以上は勘弁してくれよ。俺たちもずっと付き合ってるわけにはいかないし……もしあいつが先生とか親に言ったらって思うと」

「私に証拠を握られるまでに、その考えに至っていたら、付き合わされずに済んだかもね。全部自業自得じゃなくて？」

「悪いと思ってるって。何だったらあいつに謝ってもいい」

「じゃあその前にあなたたちの人生を終わらせてあげるわ」

不良の風体の男子4人が、たったひとりの女子の前でうなだれ、泣きそうな顔を隠しもしない。

「大丈夫よ。うちの学校の教師が、いじめなんて面倒な問題にわざわざ首を突っ込むと思う？」

「今までは大丈夫だったかもしれないけど、今後もそうだとは限らないだろ」

「じゃあ場所と時間を考えてあげる。それなら安心してやれるでしょ」

詩織はこれまで颯太を観察してきて、彼がどの道を通り、どの時間帯に何をしているのか、正確に把握していた。

学校からの帰り道。詩織との逢瀬に向かうルート。立ち寄る本屋。銭湯。

何もかも把握している。

「もっと苛烈にって……具体的には……？」

「あなたたち、案外過度な暴行はしないのよね。怪我させたらそこから足がつくって思うと怖いんでしょ？」

どうしてこうも、頭の中を見透かすように言い当ててくるのだろうか。

3学期に入ってからは特に、恐ろしさが増したように思える。

「そりゃあ……俺たちだって越えたらヤバいラインぐらい理解してるよ……」

「バカなの？　越えたらヤバいラインなんて、とっくに越えてたじゃない。大勢で取り囲んで精神的に痛めつけることが、社会で許容されると考えてたの？」

「……」

「何も血を流せとか言うつもりはないわ。服で隠れる場所や傷が残らない部分をもっと痛めつければいいの。どうせあなたたちも勉強に追われるようになって、ストレスが溜まってきてるんでしょ？　その捌《は》け口だとでも考えればいいじゃない」

　この女は狂っている。

　自分の彼氏をサンドバッグにして痛めつけろと、本気で言っている。縁を切れるなら今すぐ切りたい。平穏な生活の大事さを嫌というほど理解させられた。自分たちの愚かさが恨めしい。

　4人の胸中にあるのは、こうした後悔だけだった。

■

「最近はずいぶん避けてくれてたじゃねえか」

「俺らも探したんだぜ。何で逃げるんだよ」

　安っぽい、低俗な脅し文句で颯太の前に立ちはだかる。

「何でこんなところまで……」

　狙い通り——詩織の狙い通り、颯太も絶望感を覚えていた。

　ここは学校からの帰り道。1級河川にかかる鉄橋の下。

人通りはあるが、時間帯によっては誰も通らない。

「何でだろうなぁ」

人が特定条件下において、どれだけ残酷であっても他者の命令に従ってしまうことを証明した実験がある。ミルグラム実験、あるいはアイヒマン実験と呼ばれている。

実験に参加した被験者のうち、実に7割もの人間が命令に従ったという記録が残っている。被験者たちは、ごく普通の生徒、あるいは一般家庭の人物である。

4人はまさにその状況に陥っていた。

自分たちが悪いことは承知している。

だが真に責められるべきは、命令する鼎詩織である。

命令されるから、仕方なく。

他責思考は、人を残酷にする。

「部活が終わって暇でよ。外で遊びてえからボール探してたんだ」

「見つけたぜ、ボール」

「ば……バカじゃないのか。もう受験を控えてるんだ、こんなことしてる時期じゃないだろ」

颯太が口を震わせながら、精一杯の威嚇で応じた。

「わかってんよ」

太ももに蹴りが入り、颯太は膝をついた。

「でもストレス溜まるんだよ、お前みたいに不細工なのに勉強できる奴を見ているとよ！」

颯太の腹に、蹴りが入る。

「ぐぼっ――」

空気が漏れる音とともに、後ろ向きに吹っ飛ばされる。

土の上に転がった颯太は、激しく咳き込みながら、理不尽に対する怒りを募らせる。

「げほ！　げほ！」

「ボールならもっと転がれよ！」

今度は脇腹に、別の足がめり込む。

「がぁ！」

「意外と飛ばねぇな」

「ほらよ」

うずくまった颯太に間髪を容れず別の足が胸を直撃する。

「ぐぇ！」

これまでとは明確に異なり容赦のなくなった暴行を受け、颯太は息ができなくなる。

次々に蹴りを受け、意識が朦朧とする。

(……このままじゃ……)

そのとき、詩織の姿が脳裏に浮かんだ。

「ぐっ……ぅぅうあああああ!!!」

「!?」

胸に飛び込んできた右足を無我夢中で抱え、動きを封じる。

ただ、ひとりを捕まえたところで、あと3人いる。

「離せよ！　こいつ！」

「汚えだろ！　離れろよ！」

仲間を助けようと、颯太を引き剝がそうとする。

だが、死に物狂いで暴れる人間は、時として手が付けられない馬鹿力を発揮することがある。

「うぅっ……うわああああ!!!」

「うおっ!?」

足を抱えたまま身をよじり、ひとりを引き倒した。

「ってぇ……この野郎……！」

「俺が！　お前らに！　何をしたっていうんだ!!」

叫びながら立ち上がり、別の不良に掴みかかる。

４人は腐ってもサッカー部。勉強しかしていない素人に、捕まるはずもない。

「うぜえな、お前は黙って蹴られてりゃいいんだよ！」

勢い余ってつんのめった颯太を、後ろから蹴り飛ばす。

「ああっ……！」

今度はうつ伏せに転げた颯太。必死に立ち上がろうとするが、膝が震えて力が入らない。

「この……！」

再び４人が襲いかかろうとしたそのとき、

「こらぁぁ――――！　何やってんだ――――!!」

通りがかりの初老の男性が、飛び込んできた。

「つべ……！　逃げろ！」

それぞれ通学鞄を引っ掴み、その場から逃げ出す不良４人。

助かった――と思ったのは、颯太だけではなかった。

初老の男性は散歩途中、通りすがりの少女から助けを求められ、現場に走ったという。その少女とやらは、すでにどこかへ去ったようだ。

「大丈夫か？　本当にひとりで帰れるのか？」

「ああ……ええ。大丈夫です……助けてくれて、ありがとうございました……」

「病院には行きなさい。それに、相手に心当たりがあるのなら警察にも――」

親切な男性に曖昧な返事だけをして、よろよろと家路を急ぐ。

警察に頼ったって、現行犯じゃなければ立件は難しい。

橋の下なんて監視カメラがあるわけでもない。

早く帰って、安心したかった。

平穏がまだあることに。

まだ侵されていない場所が残っていることに。

「ただいま……」

「ああ、おかえり颯……ど、どうしたの、その格好!?」

乱れた着衣は全身土埃にまみれ、髪もぼさぼさ。

何かあったことは、母の目にもすぐにわかった。

「……何でもない」

「何でもないことないでしょう……！　一体どうして、こんな……」

息子の服を脱がせながら、傷や怪我がないか調べる。

「誰にやられたの……？　知らない人？　車にはねられたわけじゃないでしょう？」

「……違う」

皮肉にも、親子らしい会話を交わすきっかけになっていた。

散々冷たい態度を取ってきたのに、何かあると心配してくれる。

こんなにも優しい母に、何故自分は反発してしまったのか。

情けなくて、いろんなことが情けなくて、涙が出てくる。

「どうしたの、どこか痛む……？」

「違う……違う……」

いじめられていることも、恥ずかしくて話せなかった。

父を憎み、母を恨み、自立しようと必死になっていた自分が恥ずかしかった。

冷たくしてきた母に安心を求めようとして、恥ずかしくなった。

あらゆる感情が溢れ出し、どうしようもなくなっていた。

「ごめん、母さ――」

その瞬間、颯太のスマホの着信音が鳴った。

慌てて自室に駆け込み、受話ボタンをタップする。

『もしもし、志渡君？』

「あ……かな、え……？」

詩織が電話をかけてくることなんて、今までなかった。

まだ先ほどまでの感情の整理がつかず、詩織の声を聞いて混乱する。

だが、母に対してではない、別種の安心を抱いてしまった。

『ごめんなさい、勉強中だったかしら』

「い、いや。違う……けど、なんで？」

『どうしてでしょうね。なんとなく、声を聞きたくなっただけなのよ』

声を聞きたくなったという一言で、すっかり舞い上がった颯太。

普段一緒に居ても、詩織がしおらしさを見せるようなことはない。それだけに、この行為は抜群の破壊力を有していた。

それからどんな話をしたか覚えていない。

断片的には、他愛もない話だったように思う。暴行に遭ったことは覚えていたが、愛する女の前でダサい格好は見せられない。そういうプライドの持ち主だ。

長いような短いような密やかな時間は、すぐに終わった。

耳に残る涼やかな声が、颯太の心に入ったヒビを埋める。

「颯太……？　誰からの電話だったの……？」

心配して部屋に入ってきた母。

「いや……あの、友達っつーか……」

曖昧に誤魔化し、その日の母子の会話がそれ以上続くことはなかった。


それからも、母子の距離が埋まることはなかった。

■

新年度の初日、クラス替え発表の場。

3年3組――即ち、上位クラスの一覧の中に、志渡颯太と鼎詩織の名前はあった。

「……上がってきたんだな」

「ええ。これでも努力しているのよ、あなたに相応《ふさわ》しい女になるために」

周囲には悟られないように、こっそりと会話を交わす。

小さなスリルが、颯太の胸を躍らせる。

憂鬱な学校生活において、差し色のように挟まる彩り。のちに学校生活を思い返したとき、この彩りが大きなインデックスとして主張することだろう。

色恋沙汰に付き物の話だが、学校内には地位、いわゆるカーストが明確に存在する。

詩織は学年においてのみならず、在学中の３年間の同時期に在籍していた全女子生徒の中でも、上位の美貌を有する。

颯太のひいき目ではなく、客観的な評価で、だ。

ところが一方的に話しかけていた雨宮佳純以外、特定の誰ともつるむ姿を見せなかったので、男女問わず高嶺の花として認識されていた。

それに加え、上位クラスに編入されたことで、ますます注目度が高まった。

誰も放っておくはずがないのだ。

「ねぇ鼎さん、今日一緒に帰らない？　みんなでカラオケ行って勉強会しようって相談してたんだけど」

「鼎さんはどこの塾に行ってるの？　……えっ、行ってない!?　なのに３組に上がれたの!?」

「じゃあ私たちが行ってる塾に来ない!?　きっともっと成績上がるよ！」

同性でさえ、この有り様だ。

異性に至っては、言わずもがな。

「ぼ、僕と付き合ってください！」

校舎裏の告白。

ラブレターやSNSのメッセージよりはまだ潔いと思うが、ろくに話したこともないのに付き合いたいと言う。

まったく恋愛感情というのは、人間の脳機能が引き起こす深刻なエラーだ。よく知りもしない人間と苦楽を共にしようなどと、理性ある人間のする判断ではない。

「ごめんなさい。あなたとはお付き合いできません」

これで何人の膝と心を折らせただろうか。

詩織としては、わざわざ振るために出向いてやるのも煩わしかった。

だがこれも必要なことだ。

〝いい子〟〝いい女〟を演じていれば、颯太はますます詩織に夢中になる。

「せめて理由を……」

「私には心に決めた人がいるから」

鼎詩織が心に決めた人。

それは学校の中で密かなトピックとして、徐々に広まっていった。

当然、颯太の耳にも入っている。もちろん、申し出るような愚かな真似はしない。

〝それは自分だ〟という優越感が、颯太を学校に繋ぎ止める。


日曜日、ふたりは開放されている学校の自習室を利用するために登校していた。

3年にもなると塾に通わない生徒はだいぶ少なくなり、むしろ学校に来たほうが学外よりも安全に会えることに気づいた。

登校している顔ぶれを確認し、今のように空き教室でこっそり話すこともある。

隣り合った席に着き、机上に課題を広げていた。

「また告られたんだってな」

「ええ」

相変わらず感情の起伏が見えない態度。

今年度に入ってそろそろ2桁記録。ひと月に5件といったペースだ。

コンプレックスを抱える颯太にとっては、気が気ではない。

「……」

「心配してるの？」

心配しないわけがない。

「そりゃあ……お前はモテるもんな」

口を尖らせる颯太。暗に「言わせるな」と態度で示している。

告白をしたのは詩織からだ。〝惚れた弱み〟などという言葉はあるものの、実際には惚れたわけではない。少なくとも口上としては。

だからこそ、颯太は不安になる。

いつか自分の価値の低さに嫌気がさすのではないか。

もっと好条件の異性が現れて、乗り換えられてしまうのではないか。

そもそも、彼女は自分のどこに価値を見出したのか。それがわからないから、不断の努力を続けなければならない。

醜さという圧倒的なデメリットを持っているがゆえに。

「もしかして、自分の顔や体形が醜いから、いつか捨てられるんじゃないかって思ってる？」

詩織はいつも、ここぞというときに心を読むようなことを言う。

認めたくなくて、いつもわざとはぐらかすように曖昧に否定する。

ただ、1年も交際を続けてきた現在、そろそろ彼女の本心を知りたかった。

だから――

「当たり前だろ」

「あら」

素直に認める。不安であることを訴える。

〝自分はすでに好意を抱いている〟ということが隠せない。

「まさかブス専なのかと思って」

鳩が豆鉄砲を食ったように目を見開いて、隣の颯太を凝視する詩織。

と、今度は顔を背けて、必死で笑いを堪《こら》えた。

「……笑うなよ」

「ごめんなさい。まさかそんな悩みを抱いていたなんて思わなかったから」

照れと苦々しさが半々の颯太。

珍しく詩織が笑ったので、少しだけ嬉しさもある。

「安心して。私は美醜で人を判断したりしないから」

「ならいいけど」

「本当よ。だって肉の皮をめくってしまえば、人間の顔なんてみんなドクロじゃない」

詩織が真顔で言った。

「死んじゃったら焼いて骨になるだけ。そんな表面のことに、いちいちこだわるなんて馬鹿みたいでしょう？」

「そりゃまぁ……そうだけど」

背筋が寒くなる。

彼女の胸の内を聞くことは少ない。多分告白のときくらいではないだろうか。

そして今も本音で話しているのがわかった。

彼女はときどき、歳に似つかわしくない雰囲気を漂わせる。超然とした、何かを悟ったような、絶対的な正統性を思わせる声音。

「私はそんな浅い部分で人を見ていない。もっと深く、人の核とも呼べるもので判断したいの」

いつの間にか、颯太の視線は詩織の瞳に釘付けになっていた。

虹彩の奥、漆黒の瞳孔の先。深い闇を抱えた瞳が、颯太の視神経を捉えている。

「人の……核……？」

「心。私の心を埋めてくれる、私だけに捧げてくれるモノ。あなただからこそ、私は惹かれた」

颯太の心が呑み込まれる。

詩織の美しい顔の裏に隠された、闇に呑み込まれる。

そんな錯覚を覚えて、颯太は一瞬肩を震わせた。

（何だ？　今の……）

かぶりを振って、改めて詩織の顔を覗き見る。

いつものつまらなそうな、無機質な表情に戻っていた。手元の課題に視線を落とし、すらすらとペンを走らせている。

結局、詩織が颯太のどこを一番重要視しているかは、抽象的すぎて参考にならなかった。

とにかく、彼女が自分に〝相応しい女〟になろうとしてくれているのなら、自分も〝相応しい男〟になりたい。

それがどういうことなのか、まだわからないが。


帰り道。

さすがにふたり並んで帰ると疑われてしまうので、時間差で学校を出た。

詩織が先で、颯太は後だ。

この通学路には、人気が少なくなる場所がある。

そこに差し掛かったとき、颯太の前に複数人の男子が現れた。

「よう、志渡」

「……なん……で……」

元サッカー部の不良4人。今日は日曜日だからか私服だ。

「ビンボー特待生が塾なんて行くわけないもんな」

「日曜も学校行ってんじゃねって思って来たら大当たりだったわ」

「どうせ帰っても勉強しかやることねえんだろ？　ちょっと遊びに行こうぜ」

ふたりだけの時間が終わり、これから苦痛の時間が始まる。

せめてもの救いは、詩織が気づかず先に行ってくれたことだろうか。

■

「何でまだ学校やめてねえんだよ！」

鈍い音が走り、高架トンネルの中で反響する。

服の下で見えない部分を、的確に痛めつけてくる。腹筋がズキズキと痛み、内臓を守るのももう限界だった。

太ももやふくらはぎには、いくつも痣ができていることだろう。顔や胸を守っていた前腕と同様に。

それでも颯太の心はまだ折れていなかった。

「へ……あと1年我慢すれば……もうお前らと会わなくて済むんだ……最後まで我慢してやるさ……」

「やり返す力も度胸もねえくせに、舐めた口利くな！」

「――うぐっ！」

狂ったように蹴りを入れてくる。

背中を蹴り飛ばされ、激痛が走る。

いくら前面を守れても、背中はどうしようもない。胃の裏側、肋骨もない部分は。

「お前が学校からいなくなりゃ全部済むんだ。俺らも……」

「おい」

「お前らどうして……そんなにやめさせたいんだよ……」

何故彼らがここまで執拗に颯太《じぶん》を狙うのか。

成績が上だから、容姿が醜いから、そんな理由でここまでする合理性がない。

バカだからこそ合理性がない、と言ってしまえばそれまでだが。

「余計なこと考えんな！　お前は生まれてきたこと自体間違いなんだよ！」

初めて側頭部を蹴り飛ばされ、意識が一瞬飛びかけた。

口の中も切れたらしい。鉄の味が舌の上いっぱいに広がり、まずくて口を開く。溢れた血がアスファルトに滴り落ちる。

「ブスで根暗で、周りをバカにしてるのが丸わかりなんだよ、お前の目つきは！」

ああ、父親に似た自分の容姿が恨めしい。

そんなに考えていることが丸わかりだったか。

「もういいよ、やめたくなるまでやっちまえ」

胸ぐらを掴まれ立たされると、今まで殴られなかった顔面に拳が叩き込まれる。

醜い顔が余計醜くなっているんだろうな——そんなふうに、他人事に考えていた。

痛みで麻痺して、意識が遠のいていく。

みぞおちにも拳がめり込み、胃の内容物をぶちまけた。

「げえっ……！」

「うわっ、汚え！」

「靴が汚れただろうが！」

ゲロで汚れた靴を颯太の服で拭く。

さらに顔を殴られ下腹を蹴られ、颯太は悟った。

自分はここで死ぬのだ。

生きている価値もない人間に理不尽な暴力を振るわれ、なすすべなく命を終える。

生きる価値のない男から生まれた人間に、相応しい末路。

血とゲロと唾液にまみれ、いつの間にか小便も漏らしてしまったようだ。

「……うぅ……」

最後に浮かんだのは――

詩織の顔だった。


「何をやってるの？」

「……!?」

不良たちが一斉に慄《おのの》く。

颯太は気を失い、服は一部が破れ血と泥でぐちゃぐちゃになって倒れていた。

その身体に詩織が歩み寄り、膝をついて様子を調べる。まだ息はある。

「もう一度訊くわ。何をやゝ、やゝ、ってるの、ゝ、ゝ？」

何故ここまでやったのか、と訊いていた。

「お、俺らは……あん――」

あんたに従っていて、ちょっと熱くなりすぎただけだ。

リーダー格がそう言いかけた瞬間、詩織の目が彼の目を捉えた。

虚ろに黒く染まった瞳が、不良のひとりをただ視る。

「何？」

何を言い訳しているの？

ぞっとするほど冷たい声。

それを聞いた瞬間、不良たちは足をもつれさせながら、走って逃げていった。

■

「……う……」

颯太が目を覚ますと、知らないベッドで寝ていた。

腕も足も腹も、全身が痛みでズキズキと悲鳴を上げている。

震える腕を持ち上げ、手を顔に当てた。腫れ上がっているのがわかる。

「い……って……」

「気がついた？」

柔らかな少女の声。いつも聞いているはずの、詩織の声。

「俺……どうして……」

「ずいぶん手ひどくやられたわね。見つけるのが遅かったら危なかったわ」

気づけば、颯太は下着一枚だった。

全身あちこち、傷らしき場所が絆創膏や包帯で処置されている。

漏らしたせいでつんと鼻につく臭いが漂っていた。

「あぁ……助けて……くれたのか……？」

ベッドの縁に腰掛け、颯太の頭を撫でる。

「あなたがいつまで経っても追いついてこないから、気になって引き返したの。高架下で倒れてて、近くにホテルがあったから連れ込ませてもらったわ」

フロントのないホテルで助かった。

病院に連れて行く選択肢は最初からなかった。

救急車で搬送されれば、たとえ階段から転落したと説明しても、怪我の状態ですぐバレる。いじめの問題が世間に露呈し、受験に影響が出るかもしれない。

そもそも颯太自身が、いじめ問題の顕在化を望んでいないだろう。

何故なら、〝いじめられる立場〟と認識されることが屈辱的だからだ。

弱い男だと思われたくない。そういうプライドの高さがあった。

「……全部お見通しなんだな……」

「全部はさすがにわからないわよ。私は神様でもあなた自身でもないし」

いつになく優しげな詩織。その服は颯太の吐瀉物や血液で薄汚れており、必死で介抱してくれたのがわかった。

颯太は自分が情けなくなり、涙腺を決壊させてしまう。

「ごめん……幻滅しただろ。こんな弱っちい男で」

「どうして？　あなたは苦境を耐え抜く強い人だと思うけど」

「でも、あんなバカどもに手も足も出なくて……こんなんじゃ、お前を守れない……」

涙を腕で隠す颯太の頭を、詩織は優しく撫で続けた。

口の端は吊り上がり、今まで誰にも見せたことのない笑みを浮かべている。

ついに颯太のプライドを突き崩した。

守るものを与え、試練を与え、恩恵を与え、彼の心を自分で満たすことに成功した。

彼らは想像以上にいい働きをしてくれた。

計画は最終段階。

「守ってくれなくていいのよ。そばにいてくれさえすれば」

「でも……でも……」

「今わかったの。私、あなたが好きだって」

「え……？」

「私のことを考えて、自己嫌悪に陥るあなたの心が好き。こんなに傷つきながら、私のことだけを考えて、私だけを愛してくれるあなたが好き」

「……俺なんかでいいのか？　こんな醜くて汚い俺で……」

溢れた涙が、滂沱《ぼうだ》として頬を濡らす。

「あなただけいれば、他は何もいらない。私の全部をあげるから、私を愛して、颯太」

「……し……おり……」

颯太の醜く腫れ上がった顔に、詩織がゆっくりと顔を近づける。

美女と野獣の呪いは、今ここに結ばれた。

詩織は服を脱ぎ、颯太にすべてを委ねた。

「私の心も身体も初めても、あなたのものだから。全部好きにしていいの」

「……」

横たわった颯太の身体に乗り、彼を受け入れる。

結合部から血を流し、痛みと苦しみを受け入れる。

幼い頃、父に首を絞められた記憶が蘇る。

痛みと苦しみが、快感として塗り替えられる。

「ねぇ、私の首を絞めて。力一杯」

恍惚の表情を浮かべ、熱い息を漏らす。

颯太はためらいながらも、言われた通り細くて折れそうな首を、力の入らない腕で絞める。

力を込めるたび、詩織のナカが締まる。

あらゆる感情が混ざり、ひとつになり、欠けたところを埋め合わせていく。

部屋は、颯太の血やゲロに小便、詩織の初めての血が混じり合い、異様な臭いを充満させていた。

詩織は生まれて初めて、充足という言葉の意味を知った。

■

1ヶ月後。

颯太の怪我が治った頃、例の不良たちのうち、ふたりが退学届を出した。

表向きには学力に不安があり、今のうちに他校へ移ってやり直したいという理由らしい。

リーダー格と、彼を支えるもうひとりは残り、相変わらず颯太に暴行を加えている。

詩織との約束を守らなければ、何をされるかわからない。ふたりがいなくなった分、必死で遂行しているようだ。

颯太が暴行に遭いひどい傷を負ったことは、学校でも少しだけ話題になった。

ただ、普段彼とつるむ者が皆無だったため、教師が聞き取り調査をしてすぐ立ち消えとなる。

明らかに階段から落ちただけの傷ではなかったが、颯太がそう言い張ったので深く追及されることもなかった。

「いいの？　いじめをやめさせるチャンスだったんじゃない？」

図書館の自習室で、隣に座る詩織が尋ねた。

「ふたり脱落したんだ。それは俺の粘り勝ちってことだろ？　夏休みを挟んで卒業まで残り少ない。耐えてみせる」

颯太の曇った眼には、もはや怒りの感情は宿っていない。

教材に目を落としていても、授業中でも、家にいても、もう詩織しか視ていない。

「そうね。颯太ならできると思うわ」


2学期の期末試験、詩織は颯太の成績を抜いた。

颯太はほんの少しの悔しさを覗かせたが、

「学力なんてあっても、社会に出て正しく使えなければ意味を成さないわ」

「それは……そうだけど」

「お勉強ができることが颯太の価値じゃないでしょ。私だけを視てくれていれば、たとえ職がなくても私が養ってあげる」

「……ああ……」

詩織にこう言われては、是非もなかった。

少しずつ、甘い毒が颯太を蝕《むしば》んでいく。

食虫植物の罠にかかった哀れな虫のように、颯太の心が溶かされていく。

■

3学期になり、大学入試の時期が来た。
詩織は最難関の国立大学を受験し、同時にいくつかの行動を並行で進めていた。
住居探し、バイト先探し、転出・転入届の提出。
合格を確信している彼女は、どんどん突き進んでいく。
今までの無気力ぶりが嘘のように、詩織は毎日が充実している。
待ちに待った、自立のときが来たからだ。
自分を見てくれない親から離れ、自分だけを視てくれる人と一緒に暮らす。
詩織にとってそれが、それだけが輝かしい未来だ。

「ま……待って。唐突すぎて、話がまったくわからないわ。だって……あなたたち、まだ学生じゃない……」
受験が終わったあと、詩織は志渡家を訪れた。

颯太の〝引っ越し〟を手伝うためだ。

引っ越し業者も呼んであり、何もしなくても荷物をまとめてくれる。

何も聞かされていなかった颯太の母は、突然のことに驚きを隠せない。

「満18歳を超えているので、私たちは成人しています。もう保護者の了承なく部屋を借りることもできますし、結婚も可能です」

「け、結婚!? 颯太、お母さん何も聞いてないよ!?」

「……ごめん、母さん」

颯太は詩織と同じ志望校の受験に失敗し、生気を失っていた。

受験前日、あいつらに川に突き落とされて体調を崩し、まともに試験を受けられなかったことが原因だ。

彼の理想のためには、合格は絶対必須だった。

同じ学校に通えば、少なくとも詩織と対等でいられる。

強い男でいられる。

今度こそ、自分は詩織に相応しい男なのだと周囲に胸を張って言える。

そのときは、母にも交際を打ち明けるつもりだった。

なのに失敗してしまった。

憎悪している父でさえ、最初はちゃんと社会に出て働いていたというのに。

「お許しをいただければ幸いでしたが、多分無理だろうと思いまして。颯太君にはすでに必要なものを選り分けてもらっていますので、ご迷惑はおかけしません。そうよね？　颯太」

「……ああ」

「嘘よ！　ねぇ颯太、あなたどうしちゃったの!?　何でそんな女の子の言いなりになってるの!?　ねぇ！」

颯太は縋《すが》る母から辛そうに目を背ける。

母の財力では、予備校の費用など期待できない。これ以上、母に負担をかけたくなかった。いっそ母もひとりでいたほうが、自分のためにお金を好きに使えるだろう。

「言いなりじゃないよ。これは母さんのことも考えて、俺が自分で決断したことだから……」

「嘘よ！　大体、こんな美人が颯太みたいな顔の男を好きになる!?　絶対騙されてるわ！　言ってみなさいよ！　何が目的なの!!!」

詩織に凄み、飛びかかる母。

「もうやめてくれ……！　今まで母さんに当たってきて悪かったと思ってるんだ。だから、これからは自分のために生きてほしい……親父にも、俺にも、もう苦しまなくていいんだ」

「苦しんでなんかない！　迷惑だなんて思ってない！　何でいつもみたいに怒鳴ったりしないの!?　あなたまで私を捨てるの!!?　ねえ！　颯太!!　颯太ぁ!!!」

「捨てるんじゃない、母さんのことを思って……」

「嫌ぁぁ！　私には颯太が要るのに……！　お願いだから、行かないで！　行かないでよぉ……！」

号泣し、崩れ落ちる颯太の母。

玄関先で悶着していると、引っ越し業者が到着した。

「お待たせしました。お荷物をまとめてよろしいですか？」

「ええ、お願いします。作業を始めてください。あの、そちらは気にしないで構いませんので」

「あー……はい。お邪魔します」

詩織に言われ、業者も遠慮なく志渡家の中に踏み込む。

颯太の部屋から、着替えや布団、最低限の生活必需品を持ち出す引っ越し業者。

本や雑貨、幼い頃から大事にしていたものなどはほとんど部屋に残しているが、元々密度の低かった室内ががらんとするぐらいには物が減っていた。

「じゃあ我々はこれで」

「ご苦労様です」

詩織と業者が挨拶し、引っ越し作業の半分が終わった。

颯太の荷物を載せた小型トラックが走っていく。

母はその後ろ姿を、号泣しながら見送る。

「どうしてよ……私のことならいくら憎んでくれてもいいから……ずっと傍にいてよ、颯太……」

「……今まで育ててくれてありがとう、母さん。どうか、元気で……」

颯太はへたり込んだ母を置いて、詩織と一緒に家を出た。

母子の縁は、この日を最後に切れた。


「なんかすげー雰囲気でしたね」

小型トラックの中で、ふたりの男——後輩が先輩に話しかけていた。

「ああ……まぁ俺たちは金をもらって仕事するだけだ。絶対に首を突っ込むなよ」

「言われなくたって、厄介ごとに首突っ込みませんよ」

後輩は苦笑する。

「――あんなヤバい目をした女、今まで見たことないっすもん」

■

新生活が始まった。

詩織たちの新居は、築20年の寝室とダイニングがある2LDKで、詩織が通うキャンパスまで30分もかからない場所にある。

毎日のように通学し、淡々と講義を受けて単位を取得していく詩織。

必修以外にも多くの講義を受け、貪欲に知識を蓄えていた。

「ただいま、颯太」

「あ、ああ。おかえり、詩織」

バイトと買い物から帰ってくると、食事の支度を始める。

1日3食ふたり分、生活費を抑えるためにも切り詰められるところは徹底して切り詰める。

授業料の減免は通っている上、奨学金も出ているので多少の余裕はある。

さらには婚姻届も出しており、生活を維持するためにできることは何でもやった。

そう、結婚などただの手続きだ。

法で心を縛ることなどできない。いくら結婚などしても、人間は心を浮つかせる。

本当に縛り付けるためには、あらゆる手段を使う必要がある。

「今日は何が食べたい？」

「ん……詩織の作ったものなら何でも」

「言うと思った」

颯太は大学再受験を目指して、詩織の新居で毎日勉強している。

予備校に通うなんて贅沢はできない。

大学やバイトに通いながらも、身の回りのことをすべてやってくれる詩織に感謝し、高校在学時の教科書を使ってずっと復習を続けている。

そんな颯太を、詩織は黙って見ている。

詩織は学校での出来事を一切話さない。

家にはテレビも置かない。

颯太のスマホも、維持費を理由に解約してしまった。

すべては外部からの情報を徹底的に絶つため。

颯太の向上心を摘み、自分以外への興味を失わせるため。

「そんなに勉強していたら身体に毒よ。たまには休みましょう」

「あ、ああ。でも……」

「大丈夫よ。颯太の学力なら、再受験すれば余裕で通るでしょ？」

思考力を奪い、堕落させ、自分にすべてを捧げさせる。

まるで悪魔のように。しかし神のように。

恩恵を与え、信仰を深めさせる。

「来て、颯太」

一糸まとわぬ詩織が、足を広げて布団の上で誘う。

真っ白い身体に、赤い異様なものが滑《ぬめ》りを帯びて蠢《うごめ》いているようだ。

促されるままに、颯太は着衣を脱ぎ捨て、詩織に覆い被さる。

颯太が望むように快楽を貪るだけの、一方通行的な性交。

何もかも失った男が、自分だけを視て、一心不乱に愛を叩きつけてくるだけで詩織は満足だった。

「ね……いつもみたいに、お願い」

「……」

颯太は黙って詩織の首を絞める。

詩織の口から、恍惚の叫びと共によだれが垂れ、口元から首へと伝う。

びくびくと痙攣を始める詩織の身体。それが絶頂の合図だった。

刺激された颯太も、時を待たずに吐精する。

汗だくになったふたりの身体から、鼻につく淫靡《いんび》なにおいが部屋中を満たす。

何度身体を重ねても、飽きることなくお互いを求め続けた。

■

年が変わって、詩織は2年生に進級した。

高校時代から引き続き成績優秀で、ゼミに所属してからは教授たちに一目置かれるようになった。

心理学を研究するようになり、その内容が非常に優れていたためだ。

対する颯太はやはり再受験に失敗し、ますます無気力になっていった。

それでも詩織が颯太を求めるので、いつしか考えることをやめた。

「ねぇ、私を愛して颯太。あなたの愛がないと苦しいの」

「……うん……」

「私を離さないでね。私もあなたを離さないから」

「……うん」

「私の全部をあげるから、全部背負ってね」

「ああ……」

詩織の闇に呑まれた颯太は、自分から何かを意思決定することはなくなった。

これからも彼は、詩織にすべてを捧げて生きていく。

無気力に、無感動に、求められるがままに愛を捧げ続ける。

「詩織は……幸せなのか……？」

「幸せよ。颯太が私だけを愛してくれるから。わかる？　私、幸せなの」

「……そうか」

■

詩織は大学院へと進み、さらに数年後にはとある大企業へと就職を果たした。

学生結婚のハンデなどものともせず、めざましい業績と築き上げたコネクションですべてをクリアしていく。

大きな高級マンションの一室に移り住み、優雅な生活を送るようになるまで、そう時間はかからなかった。

その陰には、颯太の存在が常にあった。

彼が詩織の精神安定剤となり、成功へと導いた。

それが自分の役割だと気づいたとき、颯太はついに詩織にすべてを捧げた。

首輪を受け入れた。

「詩織……離さないでくれよ、俺を。俺は全部捨てたから……」

「もちろんよ。私はあなたがいないと何もできないの。だからこれからもずっと一緒、死ぬまでずっと一緒だから」

「……そうか。それなら安心だ」

首を絞める颯太の手に力が入る。詩織の身体が小刻みに震えた。

詩織の生温かい小水が膝に伝わり、身体が一瞬大きく跳ねたかと思うと、静かになった。

歪《いびつ》な愛は、確かに実を結んだのだ。

これがふたりの、幸せの形だった。

君はできない子

彼女は幼い頃、自分の名前が好きだった。

お姫様みたいな響きで、幼稚園でも周囲からうらやましがられた。

小学生になり、名前の由来を調べる授業のために親に聞いたところ、漫画かアニメのキャラクター名から取ったと言われた。

それ以来大嫌いになり、一人称が「まりあ」から「わたし」になった。

真莉愛《まりあ》。依光《よりみつ》真莉愛。

さぞかし素敵な由来があるのだろう。そういう期待を抱いていたから、ショックが大きかった。

子供は愛情に敏感だ。

明確な虐待行為でなくとも、ちょっとしたことから愛情の不足を認識してしまう。見下ろす視線から、言葉の端々から、態度から、放置される時間から。

子供は泣くこと、縋《すが》ることでしか愛情の欲求を表現できない。

それは親と子の生物的な本能だ。泣く子、縋る子を守らねばと行動に移すのが正常な親だ。

だがそんな正常な親ばかりではないのは、周知の事実である。

適当な名前を付けたことからも、彼女の親は愛情の注ぎ方が足りない、愛情の量が足りない人種だった。

「あんたはちょっとおかしいんだから。人一倍努力しなさいよ」

それが真莉愛の母の口癖だった。

適当にキャラクターの名前を付けるような、おかしい人間に言われたくない。そう思うようになるのも時間の問題だった。

昔は違った。幼稚園の頃は何でも根気よく教えてくれた。だいぶ忘れてしまったことも多いが、鉛筆の持ち方とひらがなの書き方は手を取って導いてくれた。

その甲斐あって、小学生になってあまり苦労せず筆記できた記憶がある。

でもそれは低学年までの話で、中学年くらいになってからは様子が変わっていった。

「何でこんな簡単な計算ができないの?」「そんなことも知らないの?」「頭悪いわね。誰に似たのよ」「そんなんだからあんたは」「勉強もできなきゃ運動もできない。情けない」

こんな悲しい言葉を、嫌というほど浴びせるようになった。

ちょうどその頃から、家の中がなんとなく冷たくなっていたように思う。

父が家にいる時間が極端に減ったからだ。

父は平日の夜に帰宅するが、母と会話する姿をほとんど見ない。これは物心ついた頃からだ。

仕事から帰って風呂に入り、テレビをぼーっと眺め、適当な時間に寝る。

最初は何にも興味が湧かない人なのかと思っていた。

休日になると帰ってこない。浮気をしていると気づいたのは、まさに小学校中学年になってからだ。

小学生も中学年になれば、両親への理解が相応に進む。

家で使っているシャンプーとは違う香りを漂わせて、日曜の夜に帰ってくる。

長期休暇になると、出張やゴルフ旅行だと言って出て行く。

本当にそういうこともあったのだろうが、大半は違う女のところへ行っている。

何故わかるのか。

服に付いた、変に甘い匂いやシワの寄り方、少し変わった髪型、それと——どことなくいやらしい表情。

そんな小さな変化が、気づかせた。

父が自分にも興味を抱いていないのは、ずっと昔から気づいていた。

名前で呼んでくれることはない。授業参観に来ることもない。誕生日のプレゼントもなければ、ケーキを買ってきて祝ってくれることすらない。

その理由を本人に、あるいはちょっとしたことで怒るようになった母に訊くわけにもいかない。ずっと考えていたが、父と母の年齢が答えだったように思う。

若いのだ。

真莉愛が小学校中学年に上がって、ふたりともようやく30代に入ったところだ。ふたりが愛し合った結果産まれたわけではなく、いわゆる若気の至りで産んでしまったのではないか。

仮にそうだとしたら、父がこれから自分に愛情を向けてくれる望みは薄い。まだ親としての責務を果たそうとしている母になら、愛してもらえる可能性はある。それも儚《はかな》い期待であった。

真莉愛が物心ついたときから、家族一緒に——父か母のいずれかだけであってもどこかへ出かけた記憶など、ほとんどない。

「ねぇママ。明日から連休だけど……どこか遊びに行かないの？」

「……」

「ねぇ……」

「うるさいな、そんなお金ないよ。暇なら勉強してなさい。お父さんみたいな人と結婚したくないでしょ」

自分が選んだのに、何を言っているのだろう。

自分が選んで、その男との間に子供を産んで、何故被害者面《づら》できるのだろう。

そんな母だから、父が外で女を作って帰ってこないのではないか。

小さな反抗心を抱くようになった。

だが真莉愛はまだ子供だ。子供は親に育ててもらわねば、自立できない。学校に行く重要性がわからないほど、真莉愛の頭は悪くない。

父への失望を抱きながら、母への反抗とそれでも愛してほしい気持ちを抱きながら、真莉愛はできる限り努力を重ねた。

学校のテストで80点を取ったり、運動会のかけっこで3等賞を取ったり、一輪車に乗ったり。

目に見える形で結果を出してきた。

それでも母は、「よくやった」と一言も言ってくれなかった。

「すごい」とも、「頑張ったね」とも、言ってくれなかった。

少しでも褒め言葉があれば、どれだけ救われただろうか。

少しの褒め言葉で、小さな反抗心はかき消えたに違いない。

母の口から出てくる言葉は、「なんで100点取れなかったの」「なんで1等賞になれなかったの」「一輪車に乗れたところで何になるの」——否定の言葉ばかり。

胸が締め付けられた。

100点を取ろうが、1等賞を取ろうが、どんなにすごいことをしても、きっと否定されるであろうことは想像がついた。

そこからは、学校の先生に叱られない程度に、ほどほどの成績で頑張るだけになってしまった。

公立の小学校、中学校を卒業し、ほどほどの学力で偏差値45くらいの高校に進学。

その頃には、母も否定的な言葉すら吐かなくなった。

自分の娘は失敗作だったと、所詮あの男と自分の血では大した子供に育たなかったと、諦めてしまった。

それでも高校への進学くらいはお金を出してくれたのだから、感謝すべきかもしれない。

すべき。でもできるわけがない。本当はもっとちゃんと〝できた〟のだから。

上を目指そうと思えば、おそらくできた。

だが、怖かった。上を目指して、たとえば私立やいい大学に入れるところまで学力を伸ばせたところで、もし否定されたら？　大学受験のお金も出してくれない、そこから先は自分で何とかしろと言われたら？

そう思うと、低きに流れていったほうが、何も言われなくなって安堵できた。

大学や専門学校に行かなくても、高卒で就職する人はいる。

何なら、卒業してすぐ家庭に入ることもできる。

別に困ることないか。

頑張ることをやめた真莉愛は、高校生活を満喫するようになった。

「聞いた？　依光さん、また彼氏振ったんだって」

「またぁ？　2年になって何人目？」

「5人目じゃないかな。野球部の先輩と、テニス部の子と、柔道部の後輩と……」

「隣のクラスのキモオタみたいな奴とも付き合ってなかったっけ」

「自分から告《コク》ったくせに、1ヶ月とかで振っちゃうのヤバいよね」

同性からの悪評など、どこ吹く風。

異性も告られれば断る理由がなければ付き合うし、すぐ別れる噂が立っても「自分なら大丈夫」という謎の自信があって、被害者はあとを絶たない。

真莉愛自身に、男を取っ替え引っ替えしているという意識はなかった。

単純に、自分を愛してくれる人、自分にぴったり合う人を探していたからだ。

同級生、先輩後輩問わず手を出した結果、どちらかと言えば年上のほうが心地よく感じた。

それは、これまで受けてこられなかった〝父親からの愛情の代替品〟として、無意識下で埋め合わせるのにちょうどいい感触だったからだ。

しかし愛情と性欲は似て非なるものだ。

代替品は代替品にすぎない。

真莉愛の心が真に満たされることは、いつまでもなかった。

そうして交際を更新していくうちに、だんだんと交際範囲も広がっていく。

他校の学生やより年上の大学生、ついにはコンカフェ、パパ活にまで手を出してしまった。


落ちていくのは一瞬だ。

身体を売ることに抵抗がなくなれば、生活費の心配も、将来への不安も、何もかもどうでもよくなる。

父親よりも年上から性欲をぶつけられた結果、さすがに気持ち悪さを感じた。

高校3年の夏、ついに真莉愛は一線を越えてしまった。

妊娠が発覚したのだ。

相手の男はわからない。身体を重ねた相手は優に50を超え、妊娠成立時期には6人もの男との性交があった。

父は何も言わなかった。最後まで無関心だった。

対照的に、母は怒り狂った。

「なんてことしたんだよ！　子供なんか作りやがって、これからどうするつもりだ！」

真莉愛がうまく隠し通そうとしていたことも原因にはあるが、数多くの男と逢瀬を重ね、何なら夜中も遊んでいた娘を叱ることなく、放置してきたのは母だ。

それで娘の妊娠にも気づかなかったのなら、親の資格などない。

母の怒りを黙って受けていた真莉愛は、ついに何かが弾けた。

「今更母親面しないでよ！　ママだって同じくらいの歳にわたし作って産んだじゃない！　何がいけないの！」

「男がどこの誰かもわかんないような作り方して、何を偉そうに言ってんだ！　大体あんた、まだ親に食わせてもらってる子供だろ！」

——そうか。母が自分を認めないのは、〝母の子供〟だからだ。

と、真莉愛は結論付けてしまった。

母に自分を認めさせるには、〝母よりも優れた母〟になればいい。

そうなるためには、お腹の子を産まなくてはならない。

「わかった、そこまで言うならもういい。わたし出て行くから」

「はぁ？　出て行ってどうすんだよ」

母が狼狽する。万一の際は、虐待が疑われる。

娘を心配するよりも、己の保身を最優先で考える。そういう母——女だった。

「わたしひとりで子供産んで、ちゃんと育てて、ふたりで生きていく。それで文句ないでしょ？」

「文句ないわけないだろ！　学校は!?　子供を育てる金は!?　出て行くのは勝手だけど、未成年で死なれちゃ困るんだよ！」

本音が出た。

「ママがわたしに怒ってるのは、子供ができたから？　自分と同じ歳で子供を作っちゃったから？　それとも、男に求められる娘がうらやましくて妬《ねた》ましいから？」

ガツッ――

骨の軋《きし》む音が、耳の近くから聞こえた。

気づけば、真莉愛の身体は地面に転がっていた。

燃えるように熱い頬が、殴られたことを全力で主張している。

「偉そうな口利くなガキが！　男遊びが好きなのはあの男の血だわ！　もういいよ、どこへでも行け！　迷惑にならないところで野垂れ死ね！」

真莉愛は最低限の荷物を抱えて飛び出した。

その夜はネカフェに泊まり、翌日、学校に退学届を出しに行った。

それから先はよく覚えていない。

何人もの男の家を転々とし、その中でたまたま親切な男が役所へ一緒に行って、いろんな手続きや申請をしてくれた。

役所からお金を借りられるなんて知らなかったが、そのおかげで住むところを借りられた。

家を出てからしばらくして、両親が離婚したことを風の便りで聞いた。

浮気性の父と、仕方なしに娘を育てていた母だ。

かすがいがなくなれば、簡単に別れるのは目に見えていた。

そこに何の感慨も湧かなかったし、むしろせいせいする。

一人暮らしを始めた真莉愛は、バイトの他にパパ活——売春で稼ぐようになった。

高校時代にやっていたパパ活のお金もまだあったので、出産費用はどうにかなる。

しかし、家賃や生活費、10年の猶予があるとはいえ住宅入居費も返済しなければならない。

これからひとりで子供を育てることを考えれば、少しでも多く稼ぎたかった。

6畳のワンルーム、バランス釜のお風呂に浸かりながら、真莉愛はぼんやりと考える。勢いで自立したが、むしろ気分が楽だ。

今まで家にいたときに感じていた苦しさは、何だったのか。

居場所がなかったように思う。

〝自分がいる場所はここじゃない〟と感じる何か。

そういう意味では、バイトしているとき、男に抱かれているとき、街中で遊んでいるときは、安心できた。

何が違ったのだろう。

真莉愛はいくら考えてもわからなかった。

人は〝ある〟からこそ、〝ない〟ことに気づける。

最初からなければ、それは当人にとって存在しないも同然だ。

真莉愛は親から無償の愛を与えられていなかった。

まさか自分が、父や母からの愛情を欲していたなどと、気づく由《よし》もなかった。

愛は感情の形成に必要な成分だ。

真莉愛の母が自分の娘を「おかしい」と言った原因、おかしいと感じるに至った原因はここにある。真莉愛の母が愛情を注いでいなかったからだ。

母もまた、愛情の注ぎ方を知らずに育ってきた。

彼女の母――真莉愛の母方の祖母は、いわゆる教育熱心な人物だった。よい教育を与えることこそが即ち最上の愛だと信じて疑わなかった。

誤った愛情を注がれた真莉愛の母は、その教育方針に挫折した。結局、夫となる男と高校で出会い、交際を始めた途端、それまでの反動で一気に堕落した。

不幸の連鎖は、こうして繋がっていた。

■

妊娠発覚から7ヶ月と少し。真莉愛は元気な男の子を産んだ。

妊娠中も売春をしていたのに、奇跡的に母子ともに健康で、産婦人科医からは何の心配もないと診断された。

ベッドの上でそれを聞いた真莉愛は、最初にこう思った。

(どうしよう)

産んでしまった、ということ。

奇妙な心理だが、真莉愛は産む間際まで、現実味がなかった。産みたくないとか、そういう否定的な心情でもない。ただ、困惑が勝った。

我が子を抱いたとき、両腕に小さな重みがかかった瞬間、現実がやってきた。

社会の右も左もわからないのに、いきなり大人としての責任がのしかかってくる。

(――どうしよう)

次いで、恐怖を覚えた。

これからこの小さな命を育てなくてはならない。

母に啖呵を切った以上、やり遂げなくてはならない。

そんな強迫観念が脳を占めた。

真莉愛の顔色が徐々に青ざめていく。

それに気づいた看護師が、声をかけた。

「何か心配ごと？」

「……え？　あ、いや……生まれたなぁ、って……」

「そうよー。依光さんもこの子も頑張ったから、無事に生まれたんだよ。よく頑張ったねって褒めてあげてね」

「はぁ……」

何を言っているのかわからなかった。

しんどい思いをして、痛い思いをして、死ぬかもしれない思いをしたのは自分だ。お腹にいて、ただ出てくるだけの子供が何を頑張ったと言うのか。

「それで、もう名前は決めてあるの？」

「へ？」

「え？」

完全に失念していた。

とりあえず産んでからあれこれ考えようと後回しにしていたせいで、名前を考えることすら思い至らなかった。

「依光さん？　大丈夫？」

看護師に心配されて、正気に戻る。

とりあえず、何も考えていなかったことを悟られてはいけない。そんな、子供のことを考えていなかったかのような——母のような人間ではないと証明しなければ。

「ああ、うん。名前ね……」

中学、高校と〝それなり〟にしか勉強してこなかった真莉愛に、人名の候補がパッと出てくるわけがない。

そこで、過去付き合った男の中で、覚えている名前をいくつか思い出した。

「ええと……大輝《ひろき》、翼《つばさ》、陽斗《はると》……」

「……なんかバラバラねぇ」

「あ、いや……迷っちゃって……」

「確か依光さん、シングルなんだっけ？」

「それは、まぁ」

「もし差し支えなかったら、うちの院長に決めてもらったら？　結構お願いする人多いのよ、依光さんみたいなシングルマザーの人」

「そうなんですか？」

「全然思いつかないみたい。だからって昔の彼氏の名前とか候補にしたら、後々しんどいしね」
看護師は笑った。
逆に真莉愛の背中には、冷や汗がだらだらと流れていく。

退院する日になり、院長から名前の候補をいくつかもらった。
その中で、真莉愛は救《すぐる》という名前を選んだ。
理由は〝なんとなく〟だった。
依光救はこうして生まれた。

出生届の出し方を産婦人科で教えてもらい、正式に受理された。
依光真莉愛の息子、依光救の人生が始まった。
それと同時に、母としての真莉愛の人生も始まった。
救が赤子の頃は、真莉愛の生来の努力家としての面がよい方向に作用した。
知識でどうにかなる部分は、スマホで調べて必死に対応していく。
救は身体が弱かった。
熱が出るのはしょっちゅうだ。扁桃腺もすぐ腫れる。手足口病にも罹った。RSウイルスにも罹った。アトピー性皮膚炎も発症した。水疱瘡も、自家中毒症も、ありとあらゆる子供の病気を経験した気がする。

そのたびに病院に走り、必死で看病した。

この子を死なせてはならない。

今この子だけが真莉愛を必要としてくれて、この子だけが真莉愛の存在を肯定している。そんな気がしていた。

保育所に救を預け、繁華街の喫茶店へバイトに行き、帰ってきて救の面倒を見る。

それだけの生活が続いた。

こんな生活が3年も続けば、真莉愛の心を荒《すさ》ませるのに十分だった。


幼稚園に入ってからも、救は身体が弱くて手を焼いた。

子育てがこんなに大変だとは思わなかった。

少しだけ、母の気持ちがわかった。ただ、母は自分で稼いでいなかったことを考えると、あまり感謝する気にはなれない。

それよりもむしろ、ひとりで稼いでひとりで育てて頑張っている自分のほうが、よっぽどすごい、えらいと驕《おご》るようになっていた。

驕りは態度に表れる。

保育所、幼稚園で喋れるようになり、少しずつ勉強するようになった救に、冷たい態度を見せることが増えていった。


「ママ、おしっこ……」

「ええ？　トイレぐらいひとりで行けるでしょ？　そんなことで呼ばないでよ」

「ママ、ごはん……」

「そこにコンビニの弁当あるから、それでも食べてて」

「ママ、おなかいたい……」

「またぁ？　どうせジュース飲みすぎたんじゃないの」

「ママ、いっしょにあそ――」

「ママ、ママってうるさいな。わたしも忙しいんだよ」

救の悲しそうな表情には気づかなかった。

気づかないようにしていた。

幼稚園児になって少ししっかりしてくると、また売春を始めた。

子供は手がかかるものとわかってからは、決して中には出させず、避妊を徹底するようになった。

バイトと売春で一日の大半が終わる。

擦り切れるように疲弊していく真莉愛は、救のことを構う余裕など小さじ1杯分もなくなっていた。

母子ふたりで暮らすのに、6畳のワンルームでは手狭になってきたため、郊外の2Kの物件に移り住んだ。売春するのに都市部へ出る必要があり、行き来に時間もかかるようになって、救に構う時間はますます減っていった。

ただ、救は内向的な子で、外に出て活発に遊ぶタイプではなかった。

バイトが終わって幼稚園に迎えに行き、家に連れて帰ってからはおとなしくテレビを見たり勉強していたので、その点ではあまり心配せずに済んだ。

あるとき、幼稚園の先生から救の様子を聞いた。

「救君は本当におとなしいですね。いつもお部屋の隅で本を読んでいて、全然手がかからないんですよ」

「そうなんですか」

「とてもいい子です。おうちでもいっぱい褒めてあげてくださいね」

母親をうまくやれているのかもしれない。

ほんの少しだけ、気の迷いのように、救に感謝した。


「救、何かほしいものある？」

幼稚園からの帰り道、尋ねてみた。

「え？」

救にとって初めて言われた言葉なので、一瞬返答に詰まった。

「ないの？」

「あ……あの、本……本がほしい……」

「本？　どんな？」

家までの途中にある、ドラッグストアに立ち寄る。

先導する救に付いていくと、子供用の本を置いたコーナーが設置してあった。何回か買い物に来たことがあるのに、全然目に入っていなかった。

その中から、ウサギの親子の絵本を救が選び取った。

「これがいい」

「ふぅん」

ちょっと高いが、数千円〜何万円もするような玩具やゲームのことを思えば安いものだ。ついでに卵とヨーグルト、キャベツのサラダをカゴに入れ、会計した。

「はい」

絵本だけを手渡すと、救は目をキラキラさせて控えめに喜びをあらわにする。

「ありがとう、ママ」

「うん」

左手で絵本を大切そうに抱え、右手で真莉愛の手を握る。

真莉愛はその手を引いて、家路についた。

(そうか。こんなのでいいのか)

■

依光救が幸せだったのは、この頃までだ。

同学年の子も小さいうちは、個を確立していないため、他人との差異をそこまで気にしない。

だが、小学生にもなって自我が芽生え始めると、異物を見極めるようになる。

自分とは違う子。みんなとは違う子。友達になろうとしない子。

〝他者を尊重する〟という当たり前の社会通念を備えていない子供は、少しでも価値観に見合わない存在を簡単に排除しようとする。

小学校こそが、もっとも残酷な民主主義の舞台だ。

未熟故に。無知故に。多数派という正義故に。

「依光ー、ドッジボールやろー」

「ぼくはいいよ……」

「なんで？　休み時間に外で遊ばないと損じゃん。みんな集まってるし早く行こ」

救は内向的な性格もあり、運動が苦手だった。特に球技や団体競技といったものはからきしで、自分からは近づかないようにしている。

この同級生はそれを承知で、面白がって連れて行こうとしていた。

嫌々ながら校庭に連れ出された救は、内野に配置され、当てられないように逃げ惑う。走るのも苦手で、反射神経もよくない救の逃げ方は、少々不格好だ。

そんな姿を見て、同級生たちはけらけら笑う。

救は苦痛で仕方なかった。同級生たちの思考が理解できなかった。

やりたくないことをやらせようとする目的も、嫌がる人間の反応を見て笑う神経も、何も理解できない。

初めて直面するいじめというものが、救の心を痛めつける。

そんなことが続くようになったので、担任教師に助けを求めた。

「どうして外で遊ぶのが嫌なの？　みんな誘ってくれてるんでしょう？」

「でも……ぼくは嫌なんです。いいって言ってるのに……」

「あのねぇ依光君。遊ぼうって友達が言ってくれてるときは、素直に輪に入っていけばいいの。きっと楽しくなるわよ」

いじめを助長する教師にも、いくつかのタイプが存在する。

いじめは付き物だと諦めて見て見ぬフリをするタイプ。

自分には解決できないからと放置するタイプ。

クラスの平和が維持できるなら、誰かが犠牲になっても構わないタイプ。

嗜虐《しぎゃく》心を持って自分も参加、あるいは静観するタイプ。

救のこのときの担任教師は、子供の善性を信じて悪意に鈍感なタイプだった。

自分の気持ちをわかってもらえず、救は大人への不信感を抱くようになる。

「ママ、学校行きたくない……」

「へ？」

夜の出勤のために準備していた真莉愛は、唐突に打ち明けられてびっくりした。

彼女は昼の喫茶店でのバイトを継続しつつ、パパ活を止めて夜の水商売に切り替えていた。お酒が飲めるようになったことと、子供を身ごもるリスクを取りたくなくなったからだ。

「学校行きたくないって、何かあったの？」

「休み時間になったら、みんなが外に連れ出すの……ドッジボールで、ボールを投げてきて……」

「えぇ……？」

幼稚園の頃に、おとなしくて手のかからない子だと聞いていたので、安心していた。まさかこんな意味不明な問題が起きるとは。

「先生には言ったの？　嫌だって」

「うん……」

「そしたら何て？」

「『友達と遊ぶのはいいことだ、きっと楽しくなる』って……でもぼくは……」

面倒な話になった。

一日中働いていてヘトヘトなのに、子供の問題解決までやってられない。

とはいえ学校にはきちんと行かせて真っ当な大人に育て上げないと、母としての自分を否定してしまうことになる。

しばらく悩んだ末、提案する。

「じゃあとりあえず明日は休んでいいよ。週が明けたら一緒に学校行って、先生に言ってあげる」

「ほんと？」

救の心底安堵した表情に、真莉愛もホッとした。

（とりあえずこれでいい）


「うちの子の担任、呼んでくれます？」

週明け。約束通り、真莉愛は救を連れて、小学校へ赴いた。

喫茶店のバイトが終わったあとで、今は放課後。子供たちも大半が下校している。

救の担任が呼ばれ、真莉愛の前にやってきた。

「こんにちは、依光さん。救君、金曜も今日もお休みだったので心配してました。どういったご用件でしょうか？」

「うちの子が、『同級生に嫌なことされて学校行きたくない』って言ったんですよ。『ドッジボールの的にされる』とか。だから金曜日は休ませました」

「えっ」

「先生にも言ったけど、『友達と遊ぶのはいいことだ、楽しくなる』と相手にしてくれなかったって。本当ですか？」

善性を信じて悪意に鈍感だと、被害者の意識にも鈍感になる。

子供が強硬なアクションを取るまで気づけない。

自分の対応が間違っていたことを悟り、顔を青ざめさせる。

「え、ええ……そう言いました。そんなに嫌だった？　救君」

「今話してるのは救じゃなくてわたしだろ。嫌だから学校行きたくないっつってんじゃん。あんた頭悪いの？　こんなしょうもないことで文句言いに来なきゃいけなくなって、マジで迷惑なんだけど」

まくし立てる真莉愛に、ますます血の気を引かせる担任教師。

職員室の端で聞き耳を立てていた教頭がすっ飛んできて、担任の横で直立から見事な礼を見せる。

「まことに申し訳ございません！　彼女にはよく言って聞かせます！　もしよろしければ保護者会などを開かせていただいて……」

「あーそういうのいいから。わたし昼も夜も働いてて参加する暇ないし。だけど次こんなことあったら、タダじゃおかないから。覚悟しとけよ」

「も……申し訳ございませんでした……」

真莉愛は救を連れて、学校をあとにする。


スーパーに寄って買い物をして、帰宅した真莉愛と救。

「ママ、今日はありがとう」

「ん？　はいはい」

救のためというより、自分がこれ以上厄介ごとに巻き込まれたくないから——という無意識の動機があった。

だから、救の心にも本当に寄り添っていたわけではない。

だから、救の表情があまり晴れていないことにも気づけない。

スマホに目を落としていて、気づけない。

「まぁあの程度で頭下げるんだから、救も自分で言えるようになりなよ。気が弱いからダメだなんて、言ってらんないんだからね」

「うん……ごめんなさい」

自分が守ってあげないとダメな子。

そういう意識が芽生えたのは、このときだった。


翌日、救の担任は朝のホームルームで、救の母親が抗議に来たことを説明した。

そして、人の嫌がることを続けていると大変なことになると説いた。

「今はすごく怖い時代なの。インターネットってみんな知ってる？」

情報リテラシーの授業はもう少し先の予定だが、〝世界中の人が情報を入手できるとても便利なもの〟だと、かいつまんで説明する。

「だけど逆に、世界中の人の目も私たち個人個人に届きやすいってことなのね。実際に起きたことだけど、いじめをしていた人の名前が世間に知れ渡っちゃったり、お父さんやお母さんの仕事がなくなったり。そういうことがあるの」

人が嫌がることをすることは罪になる。

罪が重くなれば、それが本当に自分へと返ってくる世の中になっている。

だから、謝れる今のうちに謝っておこう、と。救をいじめようとしていた子供たちに名乗らせ、担任とともに謝罪する。

救は謝罪を受け入れ、これからはそっとしておいてほしいとお願いした。

この件は、これで解決した。


だが、当然ながら長く続く共同生活で、まして未熟な子供たちの中で尾を引かないわけがない。

救に手を出すと、厄介な母親が学校に乗り込んで来る。それがわかった以上、下手に付き合いたくない。

それが救の友達を作る機会を失わせた。

救は外で遊ぶよりも静かに過ごすほうが好きだったので、それでも問題なかったが、孤立はあっという間だった。

いくら内向的であっても、友達のいない孤独感は耐えがたいものだ。

だが、いじめられているわけではない。

母がわざわざ学校に来てくれて、先生に怒ってくれたから、いじめられなくなった。

毎日、昼も夜も働く母に、これ以上わがままは言えない。いじめられるぐらいなら、孤独なほうがまだマシだ。

そう思って耐えるしかなかった。

その代わり、大好きな本にますますのめり込むようになっていった。

本を読むことが救にとっての会話となり、本だけが救の友達だった。


救は授業が進むにつれ、国語の成績が急激に伸びていった。

学校の図書室や町の図書館で借りた本をずっと読んでいて、日本語能力がめきめきと鍛えられた結果だ。

今や小学校中学年の漢字も難なく読めている。

国語が伸びると、他の教科もどんどん伸びていく。

体育だけは相変わらず△が付いているし、音楽もパッとしないが、こと基礎教科においては学年でトップクラスだ。

さらに夏休みが明けて読書感想文を提出すると、いきなり賞を取った。

担任教師も同級生も控えめな賛辞を贈ったが、それでも救は嬉しかった。

これなら母も褒めてくれるだろう。

「ママ、見て」

「んーなにー？」

夜の仕事のために化粧をしていた真莉愛の前に、救が紙を広げた。

〝賞状〟〝依光救殿〟。

文面には、読書感想文コンクールで佳作として認め賞する、と書かれていた。

何度も読み直す真莉愛。

いきなり〝あなたのお子さんは立派です〟と言われても、現実味がない。

父親は誰かわからない。

母親は売春していた過去があり、今も水商売で生計を立てているような女だ。

その子供が、優秀？

何かの悪い冗談だと思った。

動揺していたのかもしれない。

〝自分が守ってあげないとダメな子〟が、〝実は自分よりも優秀かもしれない〟と、他者から認められたことに。

「……ママ？」

救の声で、我に返った。

「え、ああ……」

何か言わないと。

こういうとき、母親は褒めるべきだろう。

だがどう言えばいい？

自分よりも優秀かもしれない子に、なんと言葉をかければいい？

自分は親から褒められたことがない。家を出る最後まで、認めてもらえなかった。

だから褒める言葉が思いつかない。

せめて言えるのは、同じことだけ。この賞状で満足しないように、思い上がらないように、〝できない子が親を軽んじない〟ように。

自分のように。

「へぇ、すごいねぇ。でも佳作って賞の中でも一番下のやつじゃなかったっけ？」

すごいねぇ、と聞いた瞬間は目を輝かせかけた救だったが、続く言葉で困惑に変わった。

「えっと……それは……」

「もっと頑張れるでしょ。救なら」

「う、うん……」

しょぼんとした救は、賞状を持って自分の部屋に入っていった。

何も間違っていない。これは救のためだ。

(これでいいはず)

■

救は中学年に上がっても成績トップクラスで、そして相変わらず孤独なままだった。

小学校中学年というのはギャングエイジ(徒党時代)という発育段階になり、同性の親密な友達グループを形成する頃だ。

特に男子はその性質が強く、親への反抗を示したり言うことを聞かない、友達との約束を優先するなどの行動が見られる。

問題児の属するグループに入ると、悪い影響を受けてしまう可能性もあるが、大抵は協調性、共感性を養う機会でもある。

現代では一斉下校が一般化しているため、友達グループの形成は比較的緩いが、それでも仲のいい者で集まるというのは当たり前に発生する。

つまりこの時期に孤立していると、友達付き合いが苦手になり、以降の発育にも影響してくる。

救はまさしく、友達付き合いもできなければ、親への反抗の意思さえ抱くこともできないでいた。

直接的ないじめは今もない。

だがグループを作った同級生——男子女子問わず——からは、陰口を叩かれるようになった。

「あいつ、朝ヨダレのあと付けたまま登校してきたぜ。顔も洗わねーのかな」

「花粉症か何かわかんないけど、ハナクソ垂れてるときあって汚いよね」

「フケがすげー目立つんだよな。あいつの後ろ歩きたくねえ。飛んできそうじゃね？」

「やめろよきったねーな」

「前ショウベン臭いときあったんだよ。風呂入ってないんだぜ」

「やべーじゃん、バイキンがうつるな」

「自分で言い返せないしやり返せない、母ちゃんに守ってもらってだせえの」

「球当てたらすーぐ泣くもんな。ちょーナキムシ」

「あんなヨワムシと付き合ったらヨワムシまでうつっちまう。無視が一番だ」

「そうだな、無視無視。あいつの母ちゃん怖いもんな」

「マザコンは何でも母ちゃんに言いつけるしな」

「けけけ」

「ヒヒヒ」

救には聞こえそうで聞こえない、絶妙な声の大きさで。

決して問題にならないように。

小賢しい悪知恵を付けてくるのも、この年頃からだ。


捨てる神あれば拾う神ありとはよく言ったもので、周囲の多くが救を排除するスタンスであったのに対し、あえて救と距離を縮めようとする者もいた。

救とは一度も同じクラスになったことがない少女。

図書室で見かけるが、何を思ったのか救に話しかけてきた。

「よくここに来てるよね。何の本読んでるの？」

「……」

最初は救も心を開かなかった。

彼女も悪意を持って接してきているのではないか。そういう疑念が拭えず、返答すらためらう。

「同級生？　1組？」

「……」

「私、香織《かおり》。よかったらお友達になって」

「……」

その日は結局一言も会話に応じることなく、休み時間が終わった。

次の日の昼休みも、香織は救に話しかける。

「あ、やっぱりいた」

「……」

「今日も同じ本？」

無視し続けるのは、良心が痛んだ。

根負けして、表紙を見せた。

「『青い鳥』かぁ。難しいの読んでるね」

「そんなでもないよ」

「だってそれ、まだ習ってない漢字出てくるじゃない」

少しだけ驚いた。彼女も同じものを読んでいるようだ。

「……もう小学校で習う漢字は大体読めるから……」

「そうなんだ。すごいなぁ」

香織が感嘆の声をあげて、救は照れた。

同年代から面と向かってすごいと言われたことがなかった。

初めて顔が熱くなる感覚を覚え、感情にラベリングしていく。

嬉しい。照れくさい。心地よい。

彼女との会話に、安らぎを覚える。

隣に座った香織も本を開き、黙々と読み始めた。

「……『十五少年漂流記』？」

「そう。歳がバラバラなのにみんなで協力しあって、生きていこうって頑張るの、すごいよね。こういう冒険ものが好きなの」

「へぇ。ぼくはちょっと……黒人差別が書かれてるから、あんまり好きじゃないな」

「え？　そんなところなかったよ？」

「みんなで大統領を決めるシーン、モコだけ投票権がないんだ。書いてない？」

ふたりで当該のページを読み返す。

救が言ったそのシーンは描かれておらず、差別自体なかったかのように消えていた。

「おかしいな……ぼくが読んだものには確かにあったんだけど」

「別の本とごっちゃになってるんじゃない？」

「いや。タイトルは同じだけど、実は別の訳なのかも。表紙も違うし」

救には確かな記憶があり、たくさん本を読んできた経験から、訳者が違うのではないかという結論に至った。

香織としても救が嘘を吐《つ》いているとは思えないし、その本が気になってきた。

「ねぇ、確かめてみようよ。どこにあったの？　その本」

「図書館で借りた本だから、日曜に借りて持ってくるよ」

「待って、じゃあ一緒に行こ。駅からちょっと歩いたところだよね？　土曜日に駅で。約束ね」

こうして救にとって初めての友達ができた。


町の図書館にやってきた救と香織は、目的の本を見つけて違いを調べた。

救が言った通り、表紙絵も違えば厚みも違う。

漢字の多さも、出版社も違った。同じタイトルなのに、こんなにも違うのかとふたりで驚いた。

「ほんとに差別の話が書かれてるんだね……びっくりした。でもこっちも面白そう」

「国によって考え方が違うっていうのが、すごくしっかり書かれてるんだ。アザラシ狩りの話も、当時の人たちの中で当たり前の感覚だから……」

「へぇぇ〜。私も読んでみよっと。借りてくる！」

香織は本を持ってカウンターへ走って行った。


香織という少女を、救は気になって調べ始めた。

下駄箱にあった名字は油谷《あぶらたに》。油谷香織というフルネームだった。

トイレや移動教室の際にこっそり観察してみると、休み時間はあまり誰かと喋っているところを見ない。

図書室での雰囲気と違うので、少々驚いた。彼女も救のように——周囲から排除されているのではないだろうが——どの友達グループにも属さず、我が道をゆくタイプらしい。

救と同じようで、少し違う。おそらく心を許せそうな相手にのみ、積極的になる人。こういう人なら、信用できるかもしれない。

それからは、香織と会えるときが楽しみになっていった。

昼休み、給食を食べたらすぐに図書室へ行き、本を一緒に読んで、あるいは交互に借りて家で読んだ本の感想を比べる。

他人の心に触れるのが初めてなので、毎日が新鮮だった。

考え方の違いや感動する部分の違い。好き嫌い、こだわり、視点、香織のあらゆる部分を受け入れ、自分の中に蓄積していく。

思い出が増えていく。

特別なことはしなくても、毎日が思い出になっていった。

町を散策したり、公園で読書会をしたり。

救の街が色づいていく。

母と一緒に歩いた場所以外がどんどん広がって、香織との思い出で彩られていく。

重く灰色だった生活が、少しずつ軽くなっていくのを実感していた。


「おじいちゃんとおばあちゃん？」

「そう。『青い鳥』の序盤、思い出の国で、兄妹が死んだおじいちゃんとおばあちゃんに会うんだ。それを読んだとき、ぼくにもそういう人たちがいるはずだから、会ってみたいなと思って」

秋になり、普段は人の少ない図書室にもちらほらと人影が現れるようになった。

この学校には〝読書の秋〟をダシにして、先生が生徒に本を読ませようとする習慣がある。必ず1人1冊は借りるように、と。

夏休み前だと、人がいるときはあまり話さないようにしていた救と香織だが、今ではすっかり気にしなくなった。

大きな声で話さなければ、図書室の先生も何も言わない。

普段本について真剣に意見を交わしている姿を見ていること、貴重な利用者であることから、ふたりを優遇するのも宜《むべ》なるかなといったところだ。

「家族のことか……」

目を伏せる香織。

「うん。ぼくには家族はママしかいないから、家族がいっぱいいるところはうらやましいよ」

「そうかな。……そうかもね」

「油谷さんのところも、家族少ないの？」

「名字で呼ばないでほしいな、かわいくないし。名前で呼んでくれたほうが嬉しい」

「うっ……じゃあ、か、香織さん……」

「うん。家族はね、少ないよ」

「そうなんだ。うちと同じだ」

「そうだね……」

救は香織の反応が悪いことに気づいて、何かまずい話題だったかと気を揉んだ。

そんな空気を感じ取り、香織は穏やかに取り繕う。

「ごめん、大丈夫だよ。何も怒ったりしてないから」

「でも……」

「それより、『青い鳥』の話しよ。私も読んでて気になってるところあるし」

「う、うん」

話題を戻したあとも、救は祖父母のこと、香織の家族のことが気になっていた。

香織のことはひとまず置いて、祖父母に関しては一度、母に聞いてみよう。

そう考えているうちに休み時間は終わり、下校まであっという間だった。


「ただいま」

「ああ、帰ったの。わたしもうすぐ出るから」

家に帰ると、真莉愛は出勤準備をしていた。

水商売をしていると、帰ってくるのは深夜か明け方のどちらかだ。

夕飯は冷蔵庫に入れたスーパーの惣菜だったり、コンビニ弁当だったり、ひどいときはカップラーメンとレトルト食品だったり。

それも、救ひとりでの食事。

救はこれまでの生活から、母子家庭はこれが当たり前だと思っていた。

会話ができる時間は、ほんのわずかしかない。

「ママ、ぼくのおじいちゃんとおばあちゃんって……どんな人？」

いつも通りに支度していた真莉愛の動きが、急に鈍くなる。

「……どんなって……一体どうして？」

「今読んでる本で――」

救が経緯を話すうちに、真莉愛は顔を曇らせていった。

「――ってことなんだけど……」

「あー……あんまりいい人たちじゃないよ。期待してたらガッカリするかもね」

「え……」

真莉愛の言葉に棘《とげ》を感じる。

怒るときに漂わせる、怒りの棘。

「まぁあんたがもうちょっと大きくなったら、顔ぐらい見に行ってもいいかもね」

「大きくなってから?」

「そうね、高校生になったら教えてあげる。わたしもふたりが今どこに住んでるかも知らないし、それまでに捜しとくわ」

「ありがとう……?」

妙な話だ。実の家族だというのに一切連絡を取らず、居場所さえ知らない。そんなことがあるのだろうか。

本でいろんな物語を読んでいると大抵、家族はすばらしいものだと描写されている。母は何らかの理由があって家を出たのだろう——その程度にしか考えていなかったが、意外とデリケートな話題なのかもしれない。

香織にもなるべく聞かないようにしよう。

救はこっそりと心に留めておいた。

■

高校生になったら会わせる。

そう約束してしまったので、真莉愛は両親の居場所を調べることにした。

母より優れた母になる。

その呪いは、今も真莉愛の中で生きていた。

どうすれば母に認めさせられるか、と考えていたことがある。

あの母のことだ。自分が顔を見せれば烈火のごとく怒り狂うに違いない。

そこで、息子——あの母にとっての孫だ。

孫を見れば態度が変わるかもしれないし、もし真莉愛への怒りが救にも向けば、救が祖母より母のほうが優れていると認めてくれる。

どちらにせよ、真莉愛にとっては都合がいい。

スマホで血縁者の捜し方を検索すると、戸籍の取得でたどり着く方法がヒットした。

直系の子・孫なら、委任状など必要なく戸籍謄本、あるいは除籍謄本を取得でき、そこに記載された本籍地の役所で附票（住所の記録を記載したもの）をもらえば現住所がわかるという。

方法さえわかれば、あとの行動は早い。

住宅入居費はもう完済が目の前なので、たまに仕事を休んでも問題ない。

職場に休みの申請をして、両親捜しを始めた。

父のほうは比較的早く見つかった。昔住んでいた町からほとんど離れておらず、土地勘も働いたからだ。

母に関しては隣県に移動しており、少々手間取った。

再婚もして名前が変わっていたこともあり、目当ての住所が本当に母の移住先なのか、なかなかわからなかった。

何度か通って、本人を実際に見てようやく確信できた。


どちらも見つけてから、しばらく遠巻きに観察していた。

救が高校生になるまで、もう少しかかる。それまでに引っ越さないとも限らない。

だが、観察すればするほど、捜し当てたことを後悔した。

真莉愛の記憶の中にあった両親の姿からはほど遠い――〝仲睦まじい〟〝笑顔溢れる〟〝幸せそうな〟普通の家庭を築いていた。

父のほうには、救よりももう少し大きな女の子がいた。その女の子には、真莉愛と少し似ている部分がある。

血の繋がりがあるのかどうかはわからないが、仲よさそうに出かける様子を目撃し、激しい嫉妬を覚えた。

母のほうにも、救より小さな男の子がいた。学校の帰りらしく、大きめの制服の袖から出た小さな手を握り、楽しそうに話しながら家に向かって歩いていた。

車道側を母が歩いていることから、その子がどれだけ大事にされているかがよくわかった。

憎らしくて、悔しくて、怒りで肩が震えた。

救を産んで10年。これまで朝な夕な働き、文字通り身体を削って生きてきた。

たったふたりだけの、何ひとつ余裕のない儚《はかな》い家庭だ。

これまで両親のどちらからも、支援の申し出や連絡すら届いていない。

現に真莉愛だけの力でふたりを捜し出せたのだ、その気になれば彼らから真莉愛を捜すこともできたろう。

どうして愛してくれないのか。どうして愛してくれなかったのか。

無数の〝どうして〟で真莉愛の頭が埋め尽くされていく。

これは逆恨みだろうか。

現在の家庭への10分の1でも愛情を向けてくれたら、真莉愛の人生は違うものになっていたかもしれない。

その場で怒りをぶつけることも考えたが、ただ単に真莉愛が乗り込んでいくだけではダメだ。

救を育て上げ、両親の前で孫だと名乗らせたい。

それで家庭が壊れるとも思えないが、これまでパパ活や売春、水商売をしてきて、いくつかの家庭が壊れるところを見てきた。

自分の娘を何もケアしてこなかった結果、こんな母子が生まれたということだけでも、両家庭に見せつけてやりたい。

自分でもどうかしていると思う。だがそれでいい。

これは合理性や倫理の問題ではないのだ。

■

真莉愛が両親を捜し出し、現在の様子を探っているうちに、救は小学校を卒業する時期になっていた。

真莉愛は喫茶店のバイトを辞め、水商売に一本化した。

だが、救が学校から帰ってくる頃には家にいない。

昼間どこに行っているのだろうかと思うこともあったが、それ以上に真莉愛の様子がおかしい。成績にやたら口を出してくるようになった。

「こないだの小テストの結果、出たんでしょ？　どうだったの？」

「どうって……」

返ってきた答案を見せると、ため息を吐く母。

「はぁ……今回はどうしたのよ？　国語、１００点じゃないなんて。社会も理科も80点じゃダメじゃん」

「それは……」

これでも体育以外はずっと学年上位だ。

母に言われなくても、ミスの復習はしている。

そんなことを今更言い出す理由がわからず、ただただ戸惑うばかりだった。

「あんたならもっとできるでしょ。わたしお金ないんだから、勉強だけでもしっかりやってよ」

「はい……ごめんなさい……」

母の気持ちがわからない。

ひとまず謝って、怒りを収めてもらうしかなかった。

「ええ!?　救くん、結構点よかったよね？」

「そう思うんだけど……」

学校の図書室、自習スペースで母のことを香織に相談する救。

彼女の家族のことを尋ねるのはＮＧのようだが、自分の母のことはあまり抵抗なさそうに聞いてくれる。

「何かいつもと変わったことしてたりは？」

「いつもとっていうか、お昼の仕事やめちゃったみたい。あれ何でだろう」

「お仕事で嫌なことあったとか……かなぁ。でもそれは関係なさそうだよね」

「うん」

腕組みして考えるふたり。

「救くんが何か変なこと言ったとか？」

「そんな変なこと言った覚えはないけど……そういえば、おじいちゃん、おばあちゃんのこと聞いたとき、変な感じだったなぁ」

「どう？」

「『あんまりいい人じゃない』とか『ガッカリする』とか。ふたりの住んでる場所も知らないって」

「うわー……あんまり仲よくなさそうだね」

香織が露骨に嫌そうな顔をする。

やはり家族のことを想起させる話は、苦手なようだ。

「あ、そうだった」

「何？」

「おじいちゃんとおばあちゃんの話のあと、しばらくしてからお昼の仕事やめたんだよ。だから、もしかしたら関係あるのかも」

「……」

先ほどの嫌そうな顔から、もっと深刻そうな表情に変化する香織。

しばらく黙っていて、ようやく口を開く。

「救くん……ふたりには、もうかかわらないほうがいいかも」

「おじいちゃんとおばあちゃん？」

「うん。すごく嫌な予感がする。なんか、ふたりとお母さんの仲がよくなくて、もし救くんのことも好きじゃなかったら……」

「そんなことあるのかなぁ？　だって、ぼくは会ったことないんだよ」

「会ったことなくても、お母さんの子供だからって理由で嫌うかも。家族同士で憎み合うなんて、よくある話だから」

香織の言い方に、重みを感じる。

やはり救にも言えない、悩みがあるのだろうか。

いつか話してくれるときが来たらいいな、と救は思う。

■

公立中学に進学した救と香織は、付き合うようになった。

というよりも、卒業の日に救が何気なく言った一言がきっかけだ。

「小学校、いい思い出は全然なかったけど、香織さんと一緒にいられて幸せだったよ」

図書室の先生も、この日は救と香織に祝福の言葉を贈った。

そして思い出の残る図書室で最後の時間を――と、ふたりだけ中に入れてくれた。

今は司書室で、卒業生の卒業アルバムでもめくっていることだろう。

「まだ終わってないでしょ。これからも一緒じゃない？」

「あ……まぁ……それはつ、つ……付き合うっていう話をしてからじゃ……」

顔を赤くして、慌てる救。

それを見た香織は、にやにやと笑う。

「私たち、付き合ってなかったの？」

「うっ……いや……」

ズルい言い方で告らされた。

小さい頃から本をたくさん読んでいると、表には出せずとも情緒豊かになる。登場人物の感情や思想を取り込むことができるから、たとえ親からの愛情が欠乏していても、自己の確立や共感性が進展していく。

そうしてふたりは、年齢に見合わない精神年齢へと成長していた。

中学生にもなれば、お互いのことに踏み込んだ話もするようになる。

聞けば、香織が小学校のときに孤立していたのは、救もやられた〝無視のいじめ〟の結果らしい。救で成功したから、同じ手法でやればお咎《とが》めなしだと、小賢しく考えたようだ。

所詮小学生レベルの、幼稚で排他的ないじめ。

ただ、救は孤独への耐性はあるほうだったし、香織も救とお互いに支え合える関係だったから、何も起こらなかっただけだ。

無視というのは、精神を著しく疲弊させる。耐性がなければ、人を死に追いやる危険な行為だ。

小学校の教員たち、管理職たちには、対処能力も危機感も不足していた。

たまたま何も起きなかっただけ。

それはふたりも理解している。たまたま、唯一無二の仲間がいたから耐えられた。

性的暴行を加えられたり、川に飛び込ませられるよりは、よっぽどマシだ。

まだ運がよかった。そう思うしかない。

公立中学なので、引き続き小学校の同級生も一緒だ。当然、無視によるいじめも続いている。というよりは、止め時を失ったと言うべきか。

残念ながら中学の教師も、ふたりへのいじめを根本的に解決しようとはしなかった。

小学校で解決できなかったのなら、自分たちの責任ではない。

今まで大きな問題が起こっていないなら、これからも問題ないだろう。

どうせ3年で全員いなくなる。

当事者のふたりの成績はいいし、上位の高校へ行ってくれたら学校の評判も上がる。

そんな楽観的な見方をする教師が大半だった。

これは地域性、あるいは同じ教育委員会の影響下だからという説明もついたかもしれない。

他校からの事情を知らない生徒たちも、救と香織が〝透明人間〟とされている状況がよくわからず、無視とはいかないまでも、あまり距離を詰めようとはしなかった。

救と香織の仲を邪魔しないように、という変な配慮をする者も中にはいたが。

救は中学生になって急速に身長が伸びていき、成人男性とほとんど変わらなくなっていた。

その頃には〝怪獣〟などと渾名されるようになっていたが、もう他人についてはどうでもよくなっていた。

香織さえいればそれでいい。

同じ高校に行く約束もした。ふたりして高い学力を維持していたため、県下でもっとも偏差値の高い学校を視野に入れていた。

あと数ヶ月足らずで、長く辛かった時代も終わる。


中学3年のクリスマス。

受験勉強で根を詰め続けていたので、デートに行きたいと香織が言い出した。

「いいけど……ぼくお金持ってないよ」

「そんなの気にしなくていいよ。ショッピングモールぶらつくだけで楽しいから」

「うう……もっとお金持ちの家だったらよかったのになぁ」

「そしたら、私たち付き合ってなかったかもでしょ」

「……それもそうか」

このようなやりとりがあった。

町外れのショッピングモール。インター近くの広い敷地を利用した施設で、駅から直通バスが出ている。

交通費も安く済み、休憩フロアもあって土日祝日は人でごった返す。クリスマスも当然多くの人出があり、プレゼントやケーキ、食品を買いに来たカップルや家族連れが中心だった。

明るくきらびやかな店内で、赤、白、緑を基調に飾り付けられたテナントが一様にクリスマスを名目にセールしている。

いくら救と香織が中学卒業間近で大人びていると言っても、財力は年相応未満。ほしいものを見つけても、手が出るわけではない。

だがそれでよかった。

ふたりで過ごす時間が、受験勉強で疲れた精神を癒やす。

約9年間の氷河期を乗り越え、ようやく温かな世界に出て行ける。

そんな希望だけで、ふたりは満足だった。

ゆっくりとモール内を歩き回り、2時間が経った頃。最上階のイートインスペースで休憩することにした。

「運よく席空いててよかったね」

「うん。さすがに歩き疲れちゃった」

手には湯気の立つカップ飲料を持っている。救はココア、香織はミルクティーだ。

席に着き、窓の外を眺める。寒々しい鈍色《にびいろ》の空が、今にも雪を降らせそうだ。

「やっと終わるんだなぁ……」

「学校？」

「うん。香織さんがいたからギリギリ幸せだったたって感じ。他は全然いいことなかったよ」

「変な惚気《のろけ》」

香織が噴き出して、救もつられて笑った。

「高校に行ったら何がしたい？」

「……何だろ。私、何がしたいのかわからないの」

「部活とかは？」

「私が人とかかわるのが嫌いだって知ってるでしょ」

「そんなこと言ってたら、社会に出られないよ」

「救くんが養ってくれたらいいじゃない」

「ぼ、ぼくが!?」

にやにやと、へらへらと笑う香織。

顔が熱いと思っていたら、ボブカットから覗く香織の耳も赤くなっていることに救は気づいた。

「救くんの小説、私好きだよ」

「あれで賞を取れたらいいんだけどね」

読書感想文や作文コンクールでたびたび受賞していた救は、自分でも小説を書いてコンテストに応募してみようと、受験勉強の合間を縫って執筆するようになった。

規定文字数にはもう少し足りないが、受験が終わって高校生活が始まるまでに完成させたい。

「賞が取れたらどうするの？」

「そんな皮算用、恥ずかしくてできないよ」

「いいじゃん。妄想は得意なんでしょ？」

「せめて空想と言ってほしい……でも実体験がベースだから、空想っていうのもちょっと違うかも」

「始まった。めんどくさい救くん」

「ご、ごめん」

謝る救を見て、また笑う香織。

「……もう外出たくないね」

救が呟いた。

モールの中は人でいっぱいなのに、外を歩く人影はずいぶん少ない。

車に買った荷物を積み込む家族連れの姿が目立つくらいか。

「そんなこと言ってたら帰れなくなっちゃうよ」

「それ。寒くても出ないとなぁ」

「私は帰りたくないな」

窓に、香織の寂しそうな表情が映った。

窓の向こうの雲を見ているようで、もっと先、空の彼方へと視線を向けているようだった。

捕まえていないと、どこかへ飛んでいきそうだ。

「あ、あの……香織さん、これ……」

「うん？」

救は膝の上のショルダーバッグから白い紙袋を取り出し、香織の前に置く。

「クリスマスプレゼント……その、気に入るかわからないけど……」

「えー嬉しい。何だろ」

カサカサと開くと、ハートがあしらわれたニットの手袋が入っていた。

大人びた香織には少しかわいさが勝つ、薄いピンクの手袋。

「わ、かわいい！」

「もっと大人っぽいほうが似合うと思うんだけど、本当は香織さん、かわいいもののほうが好きな気がして……」

「……よく見てるんだね」

はにかみながら、取り出した手袋をはめる。丁寧なことに、タグなどは切って一緒に入れてあった。

「ど、どうかな」

「うん、気に入った。ありがと」

「よかったぁー……」

心底ホッとして、大きく息を吐く。

手袋と、包装の紙袋を大事そうに鞄へと仕舞った香織は、代わりに黒い紙袋を取り出した。

「じゃあ私からもプレゼント」

「えっ」

「何？　その反応は」

「いや、まさか用意してくれてるなんて思わなかったから……」

「失礼な。私だってこういうイベント、大事にしたいと思ってるのよ」

「ご、ごめん」

「いいから開けてみて」

促されて紙袋を開封すると、シルバーのネックレスとペンダントトップが入っていた。そのペンダントトップには見覚えがあった。

「あ、これ、お揃い？」

香織の首元で、今まさに輝いているペンダントの片割れだ。

「そう。見てたの？　やらしい」

「えっ、や、これは！　違っ！」

「うそうそ。着けてみて」

「う、うん……」

チェーンの長さは香織のものより少し長め。鎖骨の下あたりにペンダントトップがきているので、ちょうどよさそうだ。

「ん。いいね、似合ってる」

「ホント？　ありがとう。嬉しいよ」

それから他愛もない話をして、カップの中身を飲み干した頃。

夕方に差し掛かり、曇天の影がより濃くなっていた。

「そろそろ帰ろっか」

「うん……ねぇ救くん」

「ん？」

立ち上がった救の袖を、香織が軽く引く。

「今日、おうちへ行ってもいい？」

救の心臓が跳ね上がった。

母は夜出勤しているので、叱られたりすることはないだろう。

ただ――

「あの……」

「女の子に恥かかせないでよね」

「……はい」


救と香織はショッピングモールを出て、直通バスに乗り込む。

冷たい風が吹いているが、寄り添っていれば寒さを感じない。

救の贈った手袋が香織の手を包み、その手で握った救の手を包み込んでいる。

バスを降りても、電車に乗り換えても、依光家までの家路でも、手を離すことはなかった。

いよいよ家に着いてしまった。

救は鞄を漁って鍵を取り出し、鍵穴に挿そうとした瞬間。

――ガチャッ。

「!!?」

母が、まだ出勤していなかった。

「あれ、救。ずいぶん遅いね」

「たつ……ただいま、お母さん。そっちも遅いんだね」

「まぁ今日は同伴だからね。客の時間に合わせてるだけだよ」

と、真莉愛が香織に気づいた。

「あれ？　あんた……」

「……!!!」

「あ、お母さん。こっちは――」

救が振り返ると、香織の表情が固まっていた。

それも愕然とするような、睨みつけるような、いくつもの感情が同居した顔だった。

香織は歯を食いしばって俯き、踵《きびす》を返して脱兎のごとく走り出す。

「あっ！　香織さん!!?」

救が引き留める間もなく、階段を駆け下り、あっという間に逃げ去っていった。

追いかけていいものか迷ったが、

「何あの子、あんたの彼女？」

真莉愛に聞かれて、足を止めてしまった。

「あの……うん。そう、なんだけど……」
「へぇ。何だろ、あの子どこかで見たような気がするんだよね」
「え？　どこで？」
「さぁ？　とりあえずわたし出勤するから、追っかけるんなら鍵だけはかけといてよ」
真莉愛は気にした様子もなく、いつもの足取りで仕事に向かっていった。
17：38『香織さん、一体どうしたの？　うちの母が何かした？』
17：52『今どこにいる？　一言でいいから、返事ください』
18：05『うちが嫌なら、別のとこでもいいので、会って話しませんか？　寒いし、心配です』
18：32『お願いです、返事だけでもしてほしいです。会わなくてもいいし、今すぐ事情を教えてもらえなくてもいいです』
19：47『香織さん。僕はあなたのことが好きです。何か悩みがあるなら相談してほしい。これからもずっとあなたと一緒にいたい。あなたを支えていきたい。だから……』

19：52『どうか、落ち着いたら連絡ください』

結局、その日は返事がなかった。
それからも、連絡が来ることはなかった。

■

翌朝。ニュースはひとつの事件で持ちきりだった。
とある大型ショッピングモールの屋上から、女子中学生が投身自殺を図った。
病院に搬送されたが意識不明の重体で、警察が捜査しているという。
救はそのニュースを見て、全身から汗が噴き出した。
心臓が、まるで太鼓を力任せに叩いているかのような爆音を鳴らしている。
(違う——違う、違う、違う。絶対香織さんじゃない)
その願望は、容易《たやす》く破られた。
救のスマホが鳴る。
『全校生徒へ。冬休み中ですが明日、緊急登校日とします。平日通りの日程で登校してください』

学校に着くと、朝のホームルームがいつまで経っても始まらない。席に着いて待っていたら、担任が救だけを呼びに来た。

「依光君。ちょっと来てくれるか」

校長室に呼ばれると、警察官が3人来ていた。

そのうちの女性警官が、救に優しく声をかけた。

「あなたが依光救君？」

「はい。あの……これは一体何でしょうか？」

「落ち着いて聞いてくださいね。もうニュースで知っているかもしれないけど――」

その前置きだけで、すべてを察した。

身を投げたのは、やはり香織だった。現在は大学病院のＩＣＵ（集中治療室）で処置中だという。

「それで、彼女の携帯電話を調べさせてもらったら、君とのメッセージのやりとりが見つかったの。何か事情を知ってるなら教えてもらえるかな？」

「その前に、香織さんは無事なんですか？　意識不明の重体って、どの程度……」

「……今、お医者さんが懸命に手を尽くしてくれてる、としか」

女性警官のたった一言で、事態がわかってしまう。

頭の中が真っ白になり、誘導されたソファに座り込んで、小学校から今までのことをぽつりぽつりと話し始めた。

3人の警察官たちは真剣に話を聞いて、時折ノートパソコンでメモを打ち込んでいく。同席していた校長や教師たちは顔面蒼白になっていたようだが、そんなことを気にする余裕などなかった。


冬休みがなくなった。

それもそのはず、救が「自分たちは小学生の頃から無視され続けてきた」と証言したからだ。

他の小学校からきた生徒たちも救や香織の中学校における扱いを証言したし、〝無視いじめ〟の証拠が次々と挙がってきた。

連日、全校生徒アンケートや聞き取り調査などが実施され、特に受験生たちは強いストレスに晒された。

登校日が続く中で、香織の席に花瓶を置いた者が現れた。

犯人は、小学校で救をドッジボールに無理矢理連れ出して的にすることを思いついた男子生徒だった。

救は生まれて初めて暴力に手を染めた。

「つまんねえことしてんじゃねえよ!!!」

顔面を殴り飛ばされた生徒は、机を倒して派手に転がった。

「――ってぇなこの野郎!」

「香織さんが！　どれだけ痛い思いをしたと思ってんだ！」

「知るかよ！　自分から死にに行ったんだから自業自得だろ！」

ブツッ――と、頭の中で何かが弾ける音がした。

気づけば、数人に羽交い締めにされて止められていた。

男子生徒の顔面は腫れ上がり、鼻血と折れた歯の出血で血塗れになっていた。

救の右手も赤く染まり、襟を摑んでいた左手の爪も半分剝がれてズキズキと痛む。

荒れる呼吸を整える。

何発か反撃をもらったが、体格に恵まれた救の相手ではなかった。

この一件も当然警察沙汰になり、救は厳重注意となった。

男子生徒は抗議したが、香織の自殺未遂の件でいじめの主犯格とみなされ、相手にされなかった。親も被害届を提出しようとしたら「おたくのお子さんがやってきた9年間の行為、責任取れますか？」と警察に諭され断念したようだ。

また、保護者会が開催された日、母――真莉愛がカンカンになって帰ってきた。

「超ムカつく。何でわたしが文句言われなきゃいけないのよ」

「何があったの……？」

「こないだ来たあの子、自殺未遂起こしたんでしょ？　その母親にめちゃくちゃ詰められたのよ。わたし何も悪くないんだけど」

「それは……何でだろう……？」

「あんな親の子と付き合うなんてやめときなよ。ロクなことになんないから」

真莉愛は乱れた服を脱ぎ捨て、出勤準備を始める。

そうしていつものように、夕方になると出て行った。

救もさすがに今の母は〝ない〟、と思った。

救は香織の見舞いのため、大学病院を訪れた。

警察の話ではＩＣＵの外から見守ることしかできないらしいが、それでもいいから一目見たかった。

受付で名前を告げて場所を教えてもらい、逸る気持ちを、今にも走り出しそうな脚を必死に抑える足取りで向かう。

ガラス張りの区画が見えたところで、ひとりの女性が食い入るように張り付いていた。その視線は、たくさんの管が繋がれたベッドに釘付けになっている。

声をかけるべきか迷ったが、救は意を決して尋ねる。

「あの……油谷香織さんの病床ってここでしょうか……？」

女性の胡乱《うろん》な目が、救をなめ回すように見る。

「……どちら様？」

「ぼく……香織さんとお付き合いさせてもらっていて……」

自己紹介をした途端、女性の瞼がカッと見開かれた。

「あんたが！　あのクソ女の！」

「えっ……ええ？」

まさに食ってかかるように詰め寄られ、唐突に胸ぐらを摑まれた。

「よくも……よくも……」

その手は、最初こそ力がこもっていたものの、次第に弱々しくなり、肘からゆっくりと力が抜けていった。

「あの……だ、大丈夫ですか？」

「……ごめん……ごめんね……」

聞けば、香織の母だそうだ。確かに、落ち着いて観察するとよく似ている。

待合室に場所を移し、救は香織の母の隣に座った。

「香織さんの容態は……」

「……長くは持ちそうにないみたい」

「そんな……」

すすり泣く香織の母。

「あの子……身を投げたとき、見たことがない手袋をしていたの……それが警察の人から、あなたにもらったものだって聞いて……うっ……うぅ……」

「そう……でしたか……」

家族のことに立ち入ったことを聞くのは野暮だ。だが、ひとつだけ確認したかった。

「……あの、こんなときに不躾なんですが、さっきのは……？」

「ああ……あれね」

答えるかどうか、迷っているようだった。

救も無理に話させるべきではないかと思い、諦めて立ち上がろうとしたとき、

「……本当は、あの女の息子だって聞いて、殺してやりたいって思ったの。学校で会ったときでさえ、もう抑えられなかったから」

「母のこと、ですか？」

黙って頷く。

状況が繋がらない。救はもう一声、情報がほしかった。

「母が何か……伺ってもいいのかわかりませんが……」

「それは、あなたがお母さんに直接訊いてちょうだい」

一応、双方の意見を聞いておきたかったが、それ以上重ねて聞くのは良心が咎めた。

「わかりました。お手数をおかけしました」

礼を言って立ち上がる救。

そのまま帰ろうとすると、香織の母がぽつりと漏らした。

「……あなたもあの女みたいだったら、こんなに悩まなくて済んだのにね……」

「……？」

「きっとあの子も悩んだのでしょうね。全然親子だなんて思えなかったもの」

救のほうを見向きもせず、ＩＣＵの区画へ戻ろうとする。

そして最後に、こう言った。

「本当に幸せだったみたい、あなたと一緒にいられて。だから……ありがとう」

香織の母は小さな嗚咽とともに、通路の奥へと消えていった。


家に帰ってくると、身体が鉛のように重かった。

何故、という言葉を、頭の中で何度繰り返しただろう。

世間もそれは同じ気持ちらしく、香織の自殺未遂はニュースでひっきりなしに報道されていた。

朝から晩まで同じニュースの繰り返し。報道する側も飽きないのだろうか。

報道内容は決まって一緒で、学校での9年にも亘《わた》るいじめが原因の一端だとか、家庭に問題はなかったのかとか、果ては卒業アルバムや文集まで。

報道とは名ばかりの、事件の真相を邪推するだけの低俗なバラエティだ。

うんざりして、テレビを消す。

ネットでも匿名からのタレコミが相次ぎ、例の男子生徒を含む数人の名前や顔写真がリークされていた。

きっと彼らは、この一件には無関係だ。ただ、やっていたことが、リークされている内容が事実だから、彼らに反論するすべはない。

それは〝当事者〟たる救だけが理解していた。

「はぁ――……」

気づけば朝になっていて、母が帰ってきた。

女の色香と、おじさん特有のくさい臭いをぷんぷんとまき散らし、家の中へふらふらと入って、万年床へと倒れ込んだ。

「お母さん……服がシワだらけになっちゃうよ。脱いで、お風呂に入ろう？」

「あれー……起きてたのー……？」

「ちょっと眠れなくて……」

「あーわかったー、あの女の子のこと考えてたんだろー」

だいぶアルコールが残っているらしい。

昔からたまにこういうときがあったが、最近はストレスのせいか、深酒をする頻度が急増した。

「まぁ……そうだよ……」

「あの子はやめときなってー……」

「お母さん、保護者会のときに何があったの？　香織さんのお母さんと、昨日会ったんだけど」

「ああ、クソムカつく女」

むくりと起き上がって、据わった目に変わった。

「聞いてよ。あの女『うちの家庭がぶち壊されたのはあんたのせいだ』って、いきなり殴りかかってきたんだよ。逆恨みも大概だよねぇ」

「家庭を？」

「そー。あの女の旦那、わたしの客でさぁ」

それを聞いて、何もかも察してしまった。

唯一の肉親が、自分の大切な人の家庭をぶち壊し、居場所を奪っていたのだ。

そこから先の話は、もう覚えていない。

香織と彼女の母への罪悪感で頭がいっぱいになり、同時に母への憎しみが急激に加速していた。

「ねぇー聞いてるぅー？」

「……お母さん。高校生になったら、おじいちゃんとおばあちゃんに会わせてくれるって言ってたよね」

空気が止まった。

ゆらゆら揺れてグダグダだった母の動きが止まり、ころころ変わっていた表情も真顔に変化している。

「……で？」

「すぐ会ってみたいんだけど」

この母と一緒にいると、おそらく親子共々終わってしまう。

自分が母への憎しみを、殺意を募らせる前に。

母が、自分が、致命的な過ちを犯す前に。

離れなければ。

■

真莉愛は日曜に休みを取り、救を連れて以前住んでいた町に向かった。

電車の中や道中での会話は少なく、手間もかからず育った息子とどう話せばいいのか、今もわからないでいた。

ただ、ひとつだけ変化したことがある。

彼女だという少女——香織が自殺未遂をしてから、救の態度が急激に冷たいものになった。その上で、自分の内にある救への感情が、急に熱を帯び始めたのだ。

この感情を何と言うのか、まだ理解できない。

今までに感じたことのない、不安と焦燥。万が一、億が一にでも真莉愛の両親、つまり救の祖父母に受け入れられたとき、彼がいなくなってしまうかもしれないという危機感が、真莉愛に変化をもたらした。

背が大きくなり、もう手を引かなくてもひとりで歩ける。

ひとりでどこにでも行ける。

社会で生きていくための力を付けている。真莉愛よりもよっぽど、だ。

まずは父の現住所、閑静な住宅街に建つ一軒家が近づいてきたところで、真莉愛が切り出す。

「どっちかが一緒に住もうって言ったら、どうする?」

「……さぁ……………どっちか?」

気のない返事をした救が、一瞬の間を空けて気づいた。

「そうだよ。あんたのおじいちゃんとおばあちゃん、離婚してるから」

「えっ。そんなの聞いてないよ」

「言ってなかったっけ? そう、わたしが家を出てすぐくらいに離婚して、別の家族と住んでるんだよ」

救は頭が真っ白になり、明らかに歩調が落ちた。

「ほらここ、おじいちゃんが住んでるところ。わたし、ちょっと離れたとこにいるから。インターホン押して呼んでみ」

真莉愛は救を置いて、そそくさと退散する。

50mくらい離れた曲がり角の陰に入り、様子を窺う。

置いていかれた救は、しばらく逡巡したあと、インターホンを鳴らした。

『はーい』

女性の声。40から50代くらいの、柔和な声質だ。

「あの……依光さんのお宅でしょうか」

『はい？　そうですけど』

救が、事前に母から教えられた祖父の名を告げる。そして、少しだけ話がしたいと切り出した。

『はぁ……ちょっとお待ちくださいね』

通話が切れて1分ほど。玄関の鍵が開く音が響いた。

「どちら様で？」

出てきた男は、救によく似た長身の、顔もそっくりな中年男性だった。

休日だというのにさっぱりとした身なりで、家庭環境のよさがすぐにわかった。

「……ぼく、依光救と言います」

救が名乗ると、祖父は急激に険しい顔つきに変わった。

「お前、真莉愛の息子か」

「はい……おじいさんがここに住んでると聞いて……それで……」

「悪いけど帰ってくれないか。俺には俺の家族がいる。いきなり孫だって言われてもどうしようもないだろ」

引き返そうとする祖父を、必死で呼び止める。

「ま、待ってください。少しでいいので話を聞いてもらえませんか……」

「……何だよ」

扉の向こうに半身を隠す祖父。

あまりにも悪印象が強すぎて、これ以上心証を悪くしたら問答無用で追い返されそうだ。

今のいじめの話題は伏せて、真莉愛が水商売をしていること、育児放棄気味なので助けてほしいことを伝えた。

だが――

「そんなの知ったこっちゃない。真莉愛は自分の意志で出て行ったんだ、『自分ひとりで子供を育てる』ってな。俺たちに助けを求める前に、母親に責任取ってもらえ」

「で、でも……ぼくとおじいさんは血が繋がってて……」

「その顔と体格見たらわかるよ。でもな、前の嫁とのことにはもうかかわりたくないんだ。あいつの血が入ってると思うだけでゾッとする」

祖父はそれだけ言って、家の中へ消えた。

とりつく島もない、とはまさにこのことだ。

残りの縁は4分の1。祖父の様子を見るに、祖母も期待できそうになかった。

電車とバスを乗り継いで1時間。祖母の現在の家へとやってきた。当然ながら、真莉愛の案内だ。母は外で待機している。

大きなマンションの2階、通路の真ん中あたりにその表札があった。

依光の姓ではない。インターホンを押してすぐ、祖母が玄関扉を開けた。

そして救の顔を見るなり固まって、救が自己紹介をしてようやく声を発した。

「真莉愛の……子？」

「はい……どんな人か、会いたくなって……」

救は何も言えなかった。日本中で話題になっている自殺未遂事件の当事者だとか、祖父のところへ先に行ったとか、母の現在とか、どれもがマイナスにしか思えない。だから〝どんな人か、会いたくなった〟。それだけを理由にした。

そんな計算も、通用しなかった。

「今更何しに来たァッ!!　のうのうとツラ見せに来て、恥ずかしくないのかッッ!!」

「ひっ……！」

鬼の形相で、周囲に響くほどの大音声で怒鳴りつけられた。

近所のことなどお構いなしに、成人男性と変わらないほど体格に恵まれた救を前にしても怯むことなく、拒絶の反応を見せる。

「あんたが真莉愛の子だってのは、その顔見りゃわかるよ。前の旦那そっくりだし。だから何だってんだ！」

この祖母の喋り方、母にそっくりだった。

なるほど、母の苛烈な性格はこの祖母譲りだったか。冷たくなる脳の中で、救は他人事のように考えていた。

「あいつは自分から家を出て行ったんだぞ。そのあとあたしがどんだけ苦労したか、教えてやろうか！　あんたには関係ないかもしれないけどな、それだけあのガキには腹が立ってしょうがないんだよ！」

喋る隙もない。相づちすら打てない。冷静になってくれそうにもない。

ないない尽くしの祖母の態度は、救を絶望させるのに十分だった。

何があったのか、まったくわからない。

ただ、この家族はもう終わったのだ。

物語にあるような、優しい家族は——少なくとも、依光救にはなかった。

理不尽な怒りをぶつけられ続けて、涙が出てきた。

誰も助けてくれないのか。血の繋がった家族に、どうしてこんなひどいことを言えるのか。

「泣いたって無駄だ！　あたしがあんたに謝ってほしいぐらいだよ！　真莉愛！　どうせそこらにいるんだろ！　出てこい！」

玄関先にあった傘を手に、通路をうろうろし始めた。

近所の住人も野次馬のように顔を出し、危険な状況になってきた。

「どうしたの、母さん……？」

祖母の家の奥から、救より少し年下の男の子が出てきた。

それに気づいて、祖母は慌てて引き返す。

「あんたは家の中に入ってなさい。ちょっと嫌な人が来たから、追っ払ってただけだよ」

その言葉が決定打だった。

救は何も言うことなく、祖母の家から離れていった。

もう二度と、祖父母に姿を見せまいと、心に決めた。


「嫌な人たちだったでしょ？」

「……」

真莉愛がマンションの外で待っていた。

残念ながら、今は彼女のもとにしか居場所がない。

祖父も祖母も、明らかにまともな生活を送っている。あんな、普通の家庭に生まれたかった。

『青い鳥』で、兄妹はいずれ生まれてくる弟と会う話があった。

この世に生まれてくる前、子供たちはみな自分で生まれる家庭を選ぶ。それがどんな家庭であれ、たとえすぐに死ぬ定めであったとしても、それが運命であることを承知の上で母親を選ぶという。

もし自分も生まれる前からこうなる運命を知っていたのだとしたら、それは何故だったのだろうか。

こんな家庭に生まれたくなかった。

思えば思うほど、考えれば考えるほど、孤独と寂寥《せきりょう》と悲惨が胸を食い破ろうとする。

負の感情を抑えられなくなり、救は小さく嗚咽を漏らした。

真莉愛は知ってか知らずか、その頭を不器用に撫でる。

高くて手の届きにくい頭を、下手な手つきで撫でた。

■

翌日。

自殺未遂発生から約2週間。油谷香織はＩＣＵから出ることなく、静かにこの世を去った。

享年15歳。早すぎる死だった。

葬式は香織の母が執り行い、参列には学校の教師も同級生も呼ばれなかった。

唯一、救だけは声がかかり、別れの挨拶に行けることになった。

「本当は嫌だったんだけど、私が決めるべきじゃないと思って……」

「……ありがとうございます」

棺の中の香織は、綺麗な化粧を施されていた。

胸の上には、あのときのペンダントと手袋も置いてある。

「あの……このペンダントって……」

「それね。発見されたとき、香織が身につけてたんですって。あなたも同じのを着けてたでしょう？　だから……お葬式にも呼ぼうと……ううう……うううう……」

香織の母が泣き崩れ、つられるように救も滂沱《ぼうだ》の涙を流す。

香織は、最期まで救を想い、せめて心だけでも遺そうとしたのかもしれない。

中学生という大人への入り口に立っただけの、まだ幼い少女。

衝動的に、たった数時間、悠久の時間にも思えるたった数時間を悩み、苦しみ、飛び立つという選択をしてしまった。

その選択を与えてしまったという事実に、救は押しつぶされそうな罪悪感を覚える。

ごめんなさい。ごめんなさい。ごめんなさい。ごめんなさい。

出棺されるそのときまで、救は香織の棺に向かって、謝罪し続けた。

■

結果から言えば、救は高校受験に失敗した。

この年の卒業生の進学率は言うまでもなく最悪で、進学できてもかなりランクを落としたか、あるいは出身校が話題の中学校だというだけで落とされた。

救は前者だった。

積極的にいじめに加担した者たちは、実名と顔写真をリークされたことで世間の目に怯えるようになり、今後の人生も悲惨なものになるであろうことは容易に予想できた。

それも、救にとってはどうでもよかった。

志望していた高校からランクをかなり落とし、隣町の普通科に通うことになった救。

「別にいいよ。あんたがその程度の実力だってことはわかってたし」

母、真莉愛は気持ち悪いくらい優しくなった。相変わらず言葉の棘は残ったままだが、少なくとも何かに安堵して心に余裕が生まれたのは目に見えてわかった。

救は何もかもに嫌気が差していた。

高校に入ってからは小説を書くのはやめた。

読書感想文も書かなくなり、作文コンクール用の原稿も書かなくなった。

読書さえしなくなった。

ひどい不眠症になり、パニック障害を起こすようになった。

香織という心の支えを失ったのが主な原因だ。

病院に行くと、ＰＴＳＤを患っていると診断され、通学も不規則になっていった。

さすがに高校ではいじめに遭うことはなかったが、日に日に無気力になっていくのは傍目《はため》にもわかった。

「救、大丈夫？　つらかったら学校なんて行かなくていいんだよ」

母の不気味な優しさが、救を苦しめる。

本当は学校に行きたい。行きたかった。香織と一緒に。


真莉愛は高校に進学した救を支えることに、これまでにない充実感を味わっていた。

これが母だ。

これが愛情だ。

醜く歪んだ愛――と勘違いした何かに、自己陶酔する。

両親に捨てられた自分と同じように、救も捨てられた。

この世の唯一の支えであった彼女を失い、自分の庇護を受けないと死んでしまう、弱々しく寂しい存在。

自分と同じ、寂しい存在。

それが再確認できたからこそ、真莉愛は優しくなった。

いつか、救が病院でぽつりと漏らしたことがある。

「……死にたい」

それを聞いた真莉愛は、自分の子が自分よりも劣っていると勘違いして、喜んだ。

「大丈夫よ。あんたはわたしがちゃんと世話してあげる」

できない子になってくれたおかげで、自分の価値は盤石になった。

ようやく真莉愛は、幸せを手に入れた。

脆く儚《はかな》い、ひび割れたガラス細工のような幸せ。

救が不登校になり、入院しても、尿瓶《しびん》が必要になっても、安心していた。

このまま彼を介護していれば、自分は幸せでいられる。

彼は自分より先に死なないのだから。

彼の面倒を見ている限り、〝面倒を見る〟という愛情を注ぎ続けられる。母よりも優れた母になれたのだ。

真莉愛の中でのみ存在する、真莉愛だけの評価軸。真莉愛だけの価値観。ようやく確立できたアイデンティティ。

そんな、不確かで奇形のアイデンティティなど、簡単に壊れるものだ。

■

順調に成長していれば高校3年を卒業する頃、救は飛び立った。

場所は例のショッピングモール。

当時、入院のためのパジャマ姿のまま病室を抜け出した救は、誰に気づかれることもなく屋上へとたどり着き、香織が飛んだ場所から身を投げた。

幽鬼のように気力を失った人間は、案外誰からも気配を悟られることがないものだ。

自殺防止の柵を軽々と乗り越え、誰にも制止されることなく、香織のあとを追った。

彼が最期に何を呟いたのか、香織と同じく、誰にも聞かれないまま。

救が身を投げたと聞いた真莉愛は、半狂乱になって病院へ駆けつけた。

ＩＣＵのベッドに横たわる救の身体は傷だらけで、たくさんの管が繋がれていた。

何人もの医師や看護師が取り囲んでいる。命にかかわる状態だというのが、一目でわかった。

救を見て、取り乱す。

「救！　救!!　お願い、目を開けて！　逝かないで!!!　わたしを置いてかないで!!!」

「お母さん！　病院です！　お気持ちはわかりますが、静かになさってください！」

「嫌だ、嫌だ、嫌だ！　わたしをひとりにしないでよぉ……！」

心電計が数える救のか細い拍動が、日増しに弱っていく中、真莉愛は救の無事をひたすら祈った。

何に祈ればいい？

神や仏に祈ったことなどない。ただこういうときは〝神様、助けてください〟と祈る、そういう知識しかない。

もっと勉強しておけばよかった。

もっと勉強して、いい学校に入って、品行方正に生きていれば、こんなことにならならなかったかもしれない。

意識を取り戻さない救の傍で、真莉愛は考え続ける。

どうしてこうなった？

どこで間違えた？

救の育て方か？

救を産んだことか？

仕事か？

男遊びか？

勉強しなかったことか？

遡っていくと、結論にたどり着いてしまう。

それが正解か不正解か、誰にもわからないのに。求めるが故に、結論を作り出してしまう。

真莉愛は結論に至ってしまった。

両親だ。両親が自分を産んだからだ。

産んだのはまだいい。

その後、育て方を間違えられた。

救はできる子だった。救の人生を、自分が台無しにしてしまった。

何のことはない、本当に〝できない子〟は自分だったのだ。

高校も卒業できない。まともに結婚も出産もできない。子育てできない。まっとうな仕事もできない。

どうして自分はこうなったか。父と母に、ちゃんと育ててもらえなかったからだ。

救が目を覚ましたら、ちゃんといい母親になろう。今度こそ、本当の幸せを与えてあげたい。できるかどうかわからないけど、せめて真面目に向き合いたい。

だからお願いします、神様。救を連れて行かないで。

眠れぬ夜を祈りながら過ごし、寝不足で気を失ってもなお祈り続け、憔悴してげっそりと痩せこけるまで、祈り続けた。


祈りは届くことなく。

救は奇《く》しくも約2週間治療を受けたのち、息を引き取った。

■

真莉愛は救の葬式を執り行わず、ただ遺体を荼毘《だび》に付して、遺骨を家に置いた。

しんと静まりかえる家の中、骨壺を前に呆然とする真莉愛。

仏壇もない。祭壇もない。墓もない。

神などいない。

祈っても、救いなど与えられない。誰も助けてくれない。

自分から必死に手を伸ばさなければ、幸せは摑めない。

適当に摑んで得られるものなど、本当の幸せではない。

時間を戻せたら。

いつまで？　生まれる前まで。

あんな無責任な父と母の間に生まれたくなかった。

責任を取らなければ。こうなってしまった責任を、救を死に追いやってしまった責任を。

その前に、責任を取ってもらいたい。

自分も責任を取るから、ふたりにも責任を取ってもらう必要がある。

製造者のふたりに。

真莉愛は鞄に責任を取るための手段を隠し持ち、家を出た。

雨の降りそうな中、コートの上に半透明のレインコートを着て。

■

日曜の閑静な住宅街。

時刻は夕方、凍てつくような風が吹く。風を通さないレインコートのおかげで、寒さをほとんど感じなかった。

着ていなくても、変わらなかったかもしれない。

どっちでもいい。どっちでもない。これはただの方法だ。

目的の一軒家にたどり着くと、インターホンを鳴らした。

『はーい、どちら様でしょうか』

女性の声。

真莉愛は答えない。

カメラにも映らない。

おそらく不審がるだろう。出てこなかったら、もう一度鳴らすまでだ。出てくるまで鳴らすだけだ。

しばらく待っていると、扉がゆっくりと開いた。

「どなたですか？」

出てきたのは、父だった。

無気力で無関心だったあの頃の父とは違う、きちんとした身なり。家族を大事にする、幸せを手に入れた父。

娘の子が訪ねて来ても、鬱陶しそうに追い払った、残酷な男。

救とそっくりな風貌。やはり血が繋がっている、とか、歳を取ればこういう男になったのかな、とか、そんなことを考えていた。

「久しぶり」

「……真莉愛か？」

孫が訪ねたときとは、明らかに反応が違った。

さすがに実の娘となると、思うところがあるのだろうか。

「なんだ。名前、覚えてたんだ」

「そりゃあ……一応は娘だからな」

一応は。

癇《かん》にさわる言い方だった。

そう言っていいのは、ちゃんと娘として向き合っていた場合だけだ。

自分の娘だと自覚を持って、愛情を注いでいた場合だけだ。

「娘だと思ってくれてたんだ？」

「あ、ああ……何年か前、孫だって名乗る奴が来たあと、ちょっと考えを改めてな……俺もよくなかったなと……」

気まずそうに、反省するように、謝罪するように。

「何がよくなかったの？」

真莉愛はあえて訊ねた。

「その、対応というか。もっとちゃんと話を聞いてやればよかったって……」

今更だ。何もかも今更だ。

母ときちんと向き合って、自分にも向き合って、親としての責任を果たしてくれていれば、こんなことにはならなかった。

時間は戻らない。

「そう。悪かったって思ってくれてるんだね」

「え？　うん――」

返事をするや否や、真莉愛は急に距離を詰めた。

父は反応が遅れた。まさかハグを求めているのか？　と迷った一瞬が、彼の運命を決定づけた。

「――ぅッ」

胸に走る、冷たくて熱い感覚。

身体ごと当たったはずなのに、その一点のみに体重がかかっていた。

さらにぐりっと、こじ開けられるような感覚。

瞬間、勢いよく液体が流れ出るのがわかった。

「悪かったと思うなら、責任取らないと。ね？」

真莉愛がそれを引き抜くと、真っ赤なものがコンクリートの地面にどろどろと広がっていく。

「あっ……ああっ……ぅぁぁぁ……」

ガクガクと痙攣を始める父の身体。

もう何も話せない。呻くのが精一杯で、開口部からの流出を止めようと必死に手で押さえる。

「じゃあね、パパ。先に逝ってて」

真莉愛は凶器を適当に放り投げると、次いでレインコートもその場に脱ぎ捨てた。

瞳孔が開き、震えながら虚空へと顔を向ける父。
どこを見ているのかも、もうわからない。その瞳に誰が映っているのか。
真莉愛が歩き始めてしばらくしたあと、住宅街に絶叫が響き渡った。

手の汚れは公園の洗面台で洗い落とし、電車とバスを乗り継いだ。
向かうはもうひとりの製造者のもと。
大きなマンションの2階。
インターホンを鳴らし、反応を待った。
と、救のときと同様に、何の返事もせず出てくる。
母が。もっとも憎き母が、以前よりも若返ったような母が、無警戒に出てきた。
「はー……〝いっ……!?」
すでに構えていた真莉愛が、その懐に一瞬で手を伸ばした。
切っ先の半分がするりと滑り込み、母の寿命を一気に削り取る。
どうせ冷静に話ができないであろうと予想し、先手を打った。
3年前、救と母の会話を遠巻きに観察しておいて正解だった。
「あっ……あんた……ま……」

「久しぶり、ママ。18年ぶりかな？」

「なん……なん……」

「何で来たのって？　それとも、何でこんなことをって？」

胸に刺さる熱さ、じわじわと広がってくる痛痒《つうよう》、死が近づいてくる恐怖。

舌がうまく回らない。自分の身に起きた状況をすぐに理解できず、真莉愛の顔や手元、そして赤く染まり始めた服へ交互に視線をさまよわせる。

「あのね、救が死んじゃった」

「……！」

「それで、責任取ってもらおうと思って。わたしを幸せにしてくれなかった責任と、救を死なせた責任」

意味がわからない。

自分から言い出して家を出て行ったのに。勝手に子供を作って、自分で育てると言って出て行ったくせに。

「自分から出て行ったのに何言ってんだって思ってるでしょ？　でもさ、パパもママもちゃんと仲良くして、わたしを見てくれてたら、バカみたいな子供の作り方しなかったし、ちゃんと勉強もしたんだよ」

母の目から涙が零《こぼ》れ始めた。

痛みか、恐怖か、後悔か。切っ先の刺さったそのさらに奥にある内は、誰にも読み取れない。

「だって、わたし結構成績よかったよね。何で褒めてくれなかったの？　わたし、ママに認めてもらいたくて頑張ったんだよ。なのに、こんなことになっちゃった。ママが働いてなかったから一生懸命働いて、それで子供も育てて、ずっと頑張ったんだよ」

淡々と、今まで心に秘めていた思いをぶちまける。

手から金属を通して伝えるように。感情を少しずつ流し込んでいく。

「気づいたの。わたし、ママと同じことしてたんだって。救、すごく頭がよくて頑張り屋さんだったのに、全然認めてあげられなかった。だからね、わたしも責任取らなくちゃ。わたしが責任取るんだから、パパもママも責任取ってよね」

真莉愛が〝責任と称するもの〟を握りしめたのがわかる。

母は目を見開き、娘の手首を両手で握った。これ以上深く差し込まれたら――

「パパは先に逝ったから。ママも先に逝ってて。わたしは、救と一緒に逝くから」

「ううう っ……！　んぅううぅぅうぅぅう!!!　ぃぎいいいいいいいぃぃぃぃぃぃ!!!」

真莉愛も柄を両手で強く握り直し、母の胸の奥にゆっくりと沈めていく。

ぞぶ、ぞぶ、と肉を切り進める感触が、手のひらに伝わってきた。

「さよなら、ママ」

別れを告げ、手首を捻った。

ブシュッ——と大量の液体をぶちまけて、母の身体はがくりと膝をつく。全身を強く痙攣させながら、赤い水たまりに身体を横たえた。

「——かっ……母さん!?」

奥から、真莉愛とよく似た顔の男の子が出てきた。

悲鳴を聞きつけてやってきたのだろう。

「こんばんは、弟。わたし、あんたのお姉さんだよ」

笑って挨拶する真莉愛に、異父弟は腰を抜かした。

「ひっ……! な、ん、何だってこんなことを……!」

「ママに聞いてみれば?」

悠然と踵《きびす》を返し、階段を降りていく。

真莉愛の後ろから、弟の泣き叫ぶ声が聞こえた。

もう、思い残すことはない。

■

手を洗い、どす黒く染まったコートを脱ぎ捨て、ショッピングモールへと向かう真莉愛。

少し前に救急車が猛スピードで走って行った。

今はパトカーがウヨウヨと出動し、街中を巡回している。

そんな中でも、真莉愛は捕まる気がしなかった。

「救、もうすぐ逝くからね」

足取りが軽い。

夜になり、極寒とも言える空気の中、今までにない晴れやかな気持ちだった。

職場へ向かうときは、あれほど憂鬱な気分だったのに。

客と同伴するときも、売春するときも、パパ活のときも、ひたすらめんどうだった。

生きることが楽しいと思ったことは、ついぞなかった。

お酒を飲んでも、セックスをしても、お金を稼いでも、今まで一度だって高揚感なんか覚えたことはなかったのに。

親から本当の意味で解放され、この上なく清々しい気持ちだった。

踊るような足取りで、駅へと向かう。

電車に乗り込むと、車内のディスプレイで殺人事件が緊急速報されていた。

乗客はディスプレイに釘付けになり、強い関心を引いていることがわかる。

「あの犯人、わたし」などと言うわけにもいかない。

これから救のもとに急がねばならないのだ。

ふたり殺せば死刑になると聞いたことがある。だが、法の審判を悠長に待っていられない。

それに、救を死なせた責任は、自分で取ると決めた。

父と母をその手にかけた責任さえも、自分で取る。

決して法になど、何の事情も知らない赤の他人になど、裁かせない。

それが真莉愛の、唯一残った人間性。

自分と、父と母と息子を繋ぐ、たったひとつのもの。それが真莉愛の罪。

「……2件の殺人だって……結構近いな」

「怖すぎ……犯人、何が目的なんだろ」

「強盗とかじゃないの？」

「何も盗られてなくて、玄関先で殺されたらしい」

「女が犯人？　知り合いとかじゃないの」

「怖いよね……確か何年か前、いじめを苦にした自殺者も出てたし」

人々が噂している。

真莉愛がしたことの一挙手一投足に注目している。そんな錯覚さえ覚える。

おそらく、明日の朝には自分の死も含めて世間を賑わすことだろう。

人々の記憶に強烈に焼き付けることで、依光家は家族になれる。

誰にも助けてもらえなかった人間が、すべてを巻き込んだ事件として。


電車を降りて、直通バスに乗り換える。

時間が時間だけに、ショッピングモール行きの乗客は少ない。

静かなバスの中、真莉愛は半生を振り返っていた。

たった36年。生きる意味を見出せないまま、漫然と生きてきた。

楽なほうへ楽なほうへ、低いほうへ低いほうへ流れてきた。

この結末は、その報いだ。

いいことをしたとは毛先ほども思っていない。

心の底から狂えれば、どれだけ楽だろうか。善悪の区別がつかず、何をしても良心が咎めない。そんなふうに生きられたら、どれだけ楽だろうか。

真莉愛が狂ったのは人生だけだ。

息子の人生を狂わせ、息子の配偶者になったかもしれない少女の人生を狂わせ、その責任を取る。

都合のいい逃げだと糾弾する人間がいるだろうか。

人の価値観はそれぞれだ。

真莉愛は自分が思う責任の取り方で、自分の人生にケリを付ける。

落とし前を付ける。


現代に磔刑《たっけい》はない。断頭台もない。

あるのはせいぜい刃物か、縄か、高いところか。

乗り物に飛び込むのは、他人に死の罪悪感を抱かせることになるので、それはやりたくなかった。

こんなことを考えていると、彼女——香織がどうして高いところを選んだのか、なんとなくわかる気がしてきた。

しがらみから逃れたかったのだ。

大空を飛ぶ鳥のように。

もしかしたら飛んで逃げられるかもしれない。そう思うと、これしかないと思うようになってくる。

自殺者は、自分に合う方法でその手段を選ぶという。

首を吊るのは回らなくなるから。

刃物を使うのは断ち切りたいから。

水に入るのは引き寄せられるから。

真莉愛は救を追って高いところを選ぶ。

さながら、断頭台に上るように。

あるいは、ステージに上がるように。

ここで幕を下ろすのだ。


「救、今行くからね」

数秒後。
グシャッという音が鳴り響いた。
真莉愛は、最期にようやく〝できた〟のだ。

あとがき

こんにちは、きくおです。まあちょっといっしょに一息つこうか。なんという物語だろうな。

さて、これは世界でいちばん人気のボカロ曲の小説だ。

Spotifyでは全ボカロ曲の中で堂々の首位。YouTubeでは、初音ミクが歌う曲の中でいちばんの人気だ。『愛して愛して愛して』と『君はできない子』に、日本中、そして世界中の日陰者が集まったのだ。ファンが丹念に翻訳してくれた歌詞の各国語字幕は、どの国のリスナーにもすこぶる評判がいい。ポップとか、シーンだとか、ウケとか、流行、数字、分析、傾向、そんなことを考えるのがまったく馬鹿みたいだ。

信じてもらえないかもしれないが、きくおは普通に明るい曲や、かわいい曲や、癒やしの曲や、おしゃれな曲も作る。笑っちゃうぐらい全然聞いてもらえないだけだ。ああ自分はこういうものに適性があるんだなあ、それをみんなはよく見抜いてくれているなあと、本作を読んでいて実感した。

暗い作品ってなんでこんなに魅力的なんだろう。心をグッサグッサとやってくるぞとわかっていて、どうしてこんなに鑑賞が止まらないんだろう。作ってても楽しいよ。

そしてみんなもうれしい。平和な世界だ。作中の世界を除いては。

執筆していただいた髙松良次様、関係者の皆様方、そして読んでくれたあなたにありがとう。トップの肩書がありながら、ポピュラーのイメージとはかけ離れた濃ゆいものを出すという、中学生時分に空想していた夢がひとつ叶った。

それでは引き続き、共にこの読後感に浸りながら本日を過ごしましょう。

『愛して愛して愛して』鼎詩織キャラクターイメージイラスト

Kikuostories
愛して愛して愛して

二〇二三年　八月　三〇日　初版発行
二〇二三年　九月　一〇日　2刷発行

原作・原案・プロデュース……きくお
文……髙松良次
発行者……小野寺優
発行所……株式会社河出書房新社
〒一五一－〇〇五一　東京都渋谷区千駄ヶ谷二－三二－二
電話〇三－三四〇四－一二〇一（営業）　〇三－三四〇四－八六一一（編集）
https://www.kawade.co.jp/

印刷・製本……三松堂株式会社

Printed in Japan　ISBN978-4-309-03124-8

表紙イラスト／赤卵

企画・編集・デザイン／鴨野丈（KAMOJO DESIGN）
編集協力／大村茉穂
キャラクターイラスト／icula